《金門學》叢刊　KM008

金門祖厝之旅

陸炳文／著

目錄　金門祖厝之旅

陸炳文・著

金門。空中起百代文章

◉陳水在

　　金門雖爲蕞爾島地，自古文治武功卻蜚聲遐邇。先民自晉時中原板蕩，避五胡入浯闢墾；唐時設監牧馬，成爲戰騎供應地；宋時朱熹主簿過化，文風興盛，歷代人才輩出；明末鄭軍據島抗清，並爲轉進台灣驅荷之跳板，現時又爲戰役紀念國家公園文化聖地。草闢迄今，凡一千六百餘年，歷代姓族之移入，匯聚諸多中華燦爛文化。

　　上下古今，金門人文之奇，金門賢聚（厝）出身的明尚書盧若騰在《募建太武寺疏》中說：「若夫人世之內，海上之奇稱者，我浯而外無兩焉。」浯就是浯洲金門。金門文武二山，太武山「蜿蜒起伏，挺爲巨巖，尊嚴莊重之勢，不屑與翠阜蒼巒爭妍絜秀」，所以自古即爲紫陽過化，人文淵藪，歷史顯宦及名儒輩出之地。

　　金門的發源可上溯於晉，歷唐宋而入版圖，因南宋朱熹任同安主簿，兩度來金講學，設「燕南書院」於燕南山（今古區太文山麓），而有文風。明洪武二十年，守正千戶周德興設金門守禦千戶所，築金門城，與廈門城相呼應，從此浯洲稱金門。由於位居我國東南，地勢險要，明清時期以還，即爲嘉禾、泉南之捍門，台灣、澎湖之鎖鑰。因此，自古以來不僅成爲兵家必爭之地，而

且鍾靈毓秀，屏藩天造，雖迭經人爲和天然的浩劫，仍然留下爲數可觀歷史足跡和珍貴的文化資產。

古蹟、建學、文物、語言、風俗是歷史文化的見證，也是先民活動的紀錄，縱觀中國大歷史的演變，台灣首五大姓陳、林、李、許、蔡之第一位渡台開基者，全係由金門過海徙來。「開台進士」鄭用錫、「開澎進士」蔡廷蘭均爲金門人，足可佐證金門乃中華文化傳衍到台、澎，及至南洋一帶的中繼站。

在歷史的洪流中，透過時間的考驗、空間的改造以及人事的變易，金門就像一顆越磨越光的寶石，在不斷的歷練中，綻放著歷史的光芒。然而，社會環境改變了人們的生活，使原本台閩一家的文化淵源，逐漸被漠視與淡忘；現代金門的戰爭結構，淹沒了金門的人文主軸。實則，金門力量的拓展與延伸，來自人文傳統與軍事角色，如此深刻緊密地纏結爲一體；金門的魅力，不僅顯現在「固若金湯，雄鎮海門」的軍事面，更彰顯於「空中起百代文章」的人文面。

金門自晉元帝建武（西元三一七年）發跡以還，留下難以計數的歷史之奇、人文之美，金門，其實就是一部中原文化的縮影本。值此金門開基一千六百餘年，建縣八十周年之際，倡導「文化立縣」的金門縣政府與民間學者、出版社共同合作推動《金門學》叢刊的出版問世，充份發掘研究、整合金門的歷史，地理、民俗、語言、文物，期能呈現金門「傳統與現代」、「戰爭與和平」、「政治與人文」、「島嶼與國際」、「古蹟與環保」的金門全貌。

《金門學》叢刊的編輯理念，建構於全球「島嶼文化」的蔚爲風潮，以及李登輝總統「生命共同體」、「社區主義」、「文化造產」的實踐；藉由這套書的出版，讓我們爲金門舊日的榮名，表達感恩之心，也爲金門坦磊光明的明天，馨香祝禱。（陳水在，金門第一屆民選縣長，《金門學》叢刊總策畫）

金門。天地間的清音

◎龔鵬程

　　一九九○年前我赴海南島開會，討論中國現代化的問題，後來海南島的朋友們綜合我的一些建議，提出了一個《海南學》的觀念和架構，積極推動。迄今已編輯了若干史料，出版了幾種專著，辦過幾次國際研討會了。

　　在個偶然的機會中，我向楊樹清先生介紹了《海南學》的發展。他大感興趣，覺得他的家鄉似乎更具有發展成一門獨立學科的條件，開始鼓吹成立《金門學》。

　　的確，金門的歷史及其特殊地位，是無與倫比的。晉朝時即有衣冠南渡於此，唐朝闢地牧馬，宋朝以後，文教日昌，朱熹曾來講學，聲華穌棶，有「海濱鄒魯」之稱。不僅居民以中原宗族社會及生活習俗自負，且歷代出過四十三位進士，有「人丁不滿百，京官三十六」的美譽。這樣的人文成就，可說全國罕見。

　　但文化的島，也是一座飽歷滄桑的島。居住在島上的人，有許多是歷經東晉、南宋中原亂離而蹈海避秦於此地的。可是自明朝起，海寇即常在此出沒。明末鄭成功則以此爲復興基地。鄭成功移墾台灣以後，清朝經營了一陣，又爲日本所據。直到抗戰勝利後才再收歸版圖。乃不旋踵，國府南遷，金門竟成反攻前哨，鐵與血，重新雕塑著金門的面容，「海上仙洲」的舊名，遂漸漸

隱入歷史的煙硝中。

歷經四十多年戰火的洗禮，金門現在又將成為一座新型態的國家公園了。戰史、民俗、人文、糖和酒，構築混融出特殊迷人的姿態，格外值得探究。

而金門長期與南洋互動的關聯，在這個新海洋時代，也是應予特別注意的。

區域史原本是國史的基礎，可是現今區域研究事實上又已超越了國家歷史的範疇。通過金門，我們更可以看見南太平洋複雜的政經文化族羣國際關係。

這樣的島嶼，這樣的條件，自然足以發展成一門內涵豐富的《金門學》。在這門學科中，除了編輯整理有關金門的史料，呼籲各界重視並研究金門、關心金門的前途以外，更探討金門的歷史地位和意義，發展金門的觀點。《金門學》，不但應鼓勵世界各地學者專家文士藝師來研究金門，也當以金門的角度，形成金門的文化觀、歷史觀、世界觀，來和各界對話。在這樣的研究中，逐漸形成這門學科的方法論和理論體系，視野延伸向歷史，也伸展向未來。

換言之，所謂《金門學》，並不僅具有一種緬懷鄉土、擁抱歷史的意涵，並不只是金門人思鄉情緒的表現而已。它具有深遠厚實的客觀學術意義，未來必能在學術領域上表現它不可忽視的潛力。

現在這種意義和潛力，經楊樹清鼓吹，金門縣長陳水在促成，李赫先生支持推動，已經在世人面前顯露了它初生的啼聲，讓我們聽見了天地間一個不可漠視的清音，我們一齊來傾聽吧！

（龔鵬程，師大文學博士，佛光大學校長，《金門學》叢刊總校訂）

金門。大歷史下的一頁驚奇

◉楊樹清

　　金門，真是一塊難以描述、謎樣般的海島。

　　金門地理位置是「中國大陸福建南部廈門島之東」，土地面積150.45平方公里，西元一九九五年的居民人口數約47,000人之譜。

　　這樣一塊孤懸海上的蕞爾小島，很難相信，金門開基迄今已歷1677年之久。

　　打開中國發跡史，也不難讀出一頁屬於金門的驚奇。

　　晉元帝建武年間（西元三一七年），金門已出現人煙，中原多故，義民逃居金門（舊稱浯洲），有蘇、陳、吳、蔡、呂、顏六姓。

　　唐，德宗貞元十九年（西元八〇三元），牧馬監陳淵率十二姓開墾金門。

　　後唐閩帝永和元年（西元九三五年），置同安縣，金門直屬。凡山川海島，不科徵稅。

　　宋，太平興國元年（西元九七六年），島民有了輸納戶鈔。熙豐間開始立都圖。嘉定十年，真德秀知泉州府，曾經略料羅戰船。咸淳年間，復稅，弓丈量田畝，給養馬。靖康變後，宋室南渡，泉州人紛到金門設堰築埭，劃海為田。宋末，元兵順江東

下，帝昺溺海，一般志士遺民不甘被虜，相率南奔，金門也成了一塊避居地。朱熹任同安主簿，至金門設燕南書院，教化金門子民，致往後人文蔚起。

元，大德元年（西元一二九七年），建浯洲場，徵鹽。至大六年置管勾司。至正二年，改爲同令司。

明，金門仍屬同安縣，洪武元年（西元一三六八年）改鹽場司爲踏石司，再改爲鹽課司。洪武二十年，置金門守禦千戶所。明末，鄭成功據金門，隆武二年（西元一六四六年），清破福州，鄭成功會明朝文武舊僚於金門烈嶼吳山，訂盟復明。永曆十八年，清兵佔據金廈兩島，焚屋毀城，金門一度成爲廢墟。永曆二十八年，耿精忠據閩反清，金門士卒多入台支援，鄭成功之子鄭經鎮守金門。永曆三十三年，清兵在料羅灣與鄭軍展開追逐戰，鄭經退守台澎。

清，康熙十九年，清兵入主金門，沿用明制隸金門於同安，置金門鎮總兵官，轄中、左、右三營。康熙二十二年以後，被迫遷徙到內地的島民回到金門。雍正元年，置浯洲鹽場大使，十二年後移同安縣丞駐金門。乾隆三十一年，縣丞移灌口，以晉江安海通判移駐，四十年通判移馬巷，金門田賦歸馬巷廳分徵，四十五年復設縣丞。道光年間，鴉片戰爭後，五口通商，廈門闢爲商埠，金門人大量湧向南洋謀生。同治七年，撤裁金門鎮，改置協鎮副將及中軍都司。宣統三年，辛亥革命，民軍光復金廈，成立臨時民政廳。

中華民國四年，金門設立縣治。日據時代，日本以一中隊駐守金門，迫島民種植鴉片及土法構築機場。縣府遷大嶝，三十八年，大陸棄守，國軍於金門設防衛部，是年十月二十五日，爆發古寧戰役。四十五年，金門「實驗戰地政務」化身軍管區，福建省政府被迫遷台。四十七年八月二十三日起四十四天內，中共砲擊，面積僅150平方公里的金門島羣共承受了474,910發砲彈，平

均每平方公尺的土地落彈四發，密度之高，世界絕無僅有，使近代史上金門成了「軍事」的代名詞……。

金門一千六百年可概分為「難民時期」、「人文時期」、「軍事時期」、「開放時期」四大屬性。金門受朱子教化，歷代出了四十三名進士、一百三十餘舉人，科甲之盛冠於全國，而寫下「人文金門」的驚奇。然自滿清入關以迄一九四九年國民黨軍隊退守，金門的「人文氣質」已為「軍事特質」所淹沒。

翻開金門史，我們可以看到這樣的記載：「金門海濱撮土耳。惟自宋以還，昉辟薦、登科第、起歲貢而育璧者，彬羣秀，甲於上都，文風之盛，夙稱於時。」這樣的記載絕對「信而有徵」。溯自南宋大儒朱熹任同安主簿即兩度到金門講學，在金門燕南山設燕南書院，並於觀風金門時說：「此日山林，即他日儒林。」受朱熹教化，明代至清代，金門科甲冠冕十方，人文薈萃，留下諸多像「一榜五進」、「八鯉渡江」、「父子進士」、「金門無地不開花」等讀書佳話。一千六百年來，歷代金門共出了四十三位進士，其中以文官占多數，因而也留下許多藝文存目，使得古稱浯洲的金門，人人都以「貴島」論之，擁有「海濱鄒魯」的盛名。

探索金門文學作品，宋代丘葵著有《周禮全書》、《釣磯詩集》等十餘種。明代邵應魁著有《榕齊射法詩稿》，洪受著有《四書易經從正錄》、《滄海紀遺》，陳廷佐著有《山房學步詩集》，蔡復一著有《督黔疏草》、《遯庵全集》，蔡貴易著有《清白堂詩文集》，許獬著有《四書合喙鳴》、《叢青軒詩文集》、《九九草》等，盧若騰著有《留庵詩文集》、《島上閒情偶寄》等。清代，盧勗吾著有《戲餘草》，林文湘著有《酘醸山房詩文集》，林焜熿著有《宮閨詩話》、《竹畦筆塵》等，林樹梅著有《嘯雲文鈔》、《嘯雲鐵筆》等。

從這張最早的金門文人「書目」可以回想得到，古金門士林碩望，文苑名流，比肩接踵，有以經學見重，有以制藝蜚聲翰

苑，有長於經濟而湛詩賦，有精於政事而擅文章，真可說是人文鼎盛，猗歟盛哉，若用一句白話「文學的金門」來形容，應也不爲過。

今人龔鵬程論金門，曰：

——金門，是個很難以描述的海島。

——這個孤懸廈門外海的小島，曾有海盜來往，但也有大儒駐足；土地荒瘠，耕稼不易，卻又文風鼎盛；僻處南方，而竟遍地高粱，宛若北邊；迭經戰亂，反造就了一座海上公園的迷人風光……諸如此類矛盾的形象錯綜交疊，展現了金門特殊的魅力。

——這個魅力，不僅顯示在金門的歷史面，也顯示在金門的人文面。

——從歷史來說，金門的開闢，起源於東晉五胡亂華。所以，金門事實上就是六朝神話傳說裡的「仙鄉」，和陶淵明筆下的桃花源，意義相同。唐代之後，金門成爲海外開發的基地。不論是自然移民於南洋的「僑鄉」，還是鄭成功反清復明的據點，都同樣顯示了金門力量的拓展與延伸，金門成爲逃秦和抗暴的綜合體，仙鄉隱遁的神話，轉而有了生機盎然的精神。

——從人文面來說，可能從沒有一個地方人文傳統與軍事力量，如此深刻緊密地纏結爲一體了。金門的古老屋舍、街坊、廟祠，色彩豐富、造形絕美；對歷史的關懷和對文字的崇拜，也是台灣社會所久已佚忘的。至於整個社會坐者歌而行者舞，居習相親，穆然古風，更讓人歆羨。

如今，透過《金門學》叢刊的出版問世，我們期待全方位呈現金門與台灣、大陸、南洋的親密關係又有著不相同的社會體制與文化條件，讓世人建立對金門文化上的尊重、關懷、吸引與了解，也讓金門可以在自己特殊的歷史、地理、地位與思考中，真正深入本身的文化體質中探索新的可能。（楊樹清，《金門報導》社長，《金門學》叢刊總編輯）

金門祖厝之美——自序

　　金門是個迷人的地方，從當兵服預官役開始，它就有一股莫名的力量吸引著我，要想盡辦法去親近它，揭開它神祕多彩的面紗。說起來或許很令人咋舌，在金門開放觀光之前，一位台灣的老百姓不可能輕易踏上金門前線的那段時期，我就去過五十六次，後來又陸續造訪三次；這樣的數字，連老婆都起了疑心，以為我在金門一定有什麼「戰地情人」，我不置可否，只是開心的告訴她：金門就是我的情人。

　　是的，我愛金門。

　　我愛金門，倒不是它過去那段「煙硝戰地」的陽剛氣質和「非請勿進」的神奇色彩；真正向我深情召喚的，是它清麗質樸的民風，和遍地古蹟的人文特色，尤其是它的傳統建築、宗祠古厝和風獅爺……。我訪問金門近六十次，絕大多數是去做姓氏源流查考、各姓氏宗祠巡禮，以及「守著歷史守著風」——風獅爺的田野調查。每去一次，除了對金門增加更深一層的認識，亢奮之餘，又覺得不夠，還想要再去，就這樣和金門結緣。

　　從歷史發展的軌跡來看，風獅爺實在是中華文化過渡到台灣的轉繼站，不但台灣的史蹟發展和傳統文化之流布，可以從金門推究其相關之處，就拿民族遷徙的路線來說，金門更是「台灣住民之鄉」。台灣的前五大姓，陳、林、李、許、蔡，第一位到台灣開基的祖先，全都是由金門渡海遷來；其他各姓，也不乏由金門地方大姓繁衍而來。所以說，大陸、金門、台灣三個地方共有一個歷史傳承、共源一個血脈臍帶、共被一個文化胞衣，是不容置疑的事實。尤其現在金門的近五萬人口中，包括一百八十多個姓氏，為主的三十九個姓，就有宗祠

一百六十二座，這不但是台閩地區擁有宗祠最多的一個縣，即便是全國各地，亦無出其右者！由此可見金門地方百姓對報本返始的家族觀念和慎終追遠的傳統禮教之發揚光大，盡了多大的心力！

宗祠，是各姓氏奉祀其祖先的神聖建築，也稱爲家廟或祠堂，台閩兩地百姓常稱之爲祖厝。尚書太甲篇上有「社稷宗廟，罔不祗肅」的句子，禮記曲禮下篇也有「君子將營宗室，宗廟爲先，廄庫爲次，居室爲後」的說法。根據這些商周時代的文字記載，可以知道宗祠之由來，少說也有三千年以上的歷史了，而且建築居室時，一定把祖先廳放在最醒目、最尊貴的正廳。不過，老百姓興建宗祠祭祀祖先的風氣，是在漢、唐以後才逐漸形成；明、清兩代，國人常在族人聚居的地方興建宗祠，每逢歲時節慶，由族長率宗親共同祭祖，一來可以抒發思古之幽情，再則又可以聯誼鄉親，敦親睦族。而這段時期，由大陸內地移向金門的各姓氏族裔，因爲卜居他鄉，每逢佳節，思念祖先之情益發強烈，幾乎每一姓氏都爲他們開湑（金門）祖先立牌位、建宗祠。如今，金門最古老的祠堂都有三、四百年以上的年歲，不但替歷史文化留下真實的見證，也替「民德歸厚」做了最真誠的詮釋！

由於篇幅的限制，這次我僅針對金門的陳、王、張、蔡、吳、黃、李、林、薛、辛、董、及「六桂聯芳」的六姓等宗祠做推介，有一姓二、三祠堂成一篇者，也有數姓三、五祠堂成一篇者。爲了適合更多讀者共同閱讀的需求，在內容取材上，以姓氏源流、遷徙概況、創建重修、建築風格、風俗軼事、匾額對聯、祭祀禮數等等，做爲文章的骨肉血脈，希望交織成一篇完整的報導式紀錄，替我熱愛的金門，和我熱愛的文化工作盡一分心！

幾年前，金門取消了戰地政務，脫去了嚴峻神祕的外衣，同時對外開放觀光，一時之間，各地人潮蜂湧而至，金門的旅遊業者，深知他們手中握有活生生的文化瑰寶，行程安排中，參觀文化村、傳統聚落、祖厝和風獅爺，成爲最受歡迎的景點。一些朋友常會開玩笑說，「古蹟、祖厝、風獅爺」是金門最重要的文化材，而對我在這方面的

研究，冠以「金門學」的稱號！這樣的說法，我自是十分不敢當的，不過若是個人所投注的心力，能在社會上引起共鳴，對我來說，真有莫大的激勵！

一般人都只有一張國民身份證，而我卻有兩份，多的這一張，就是我所愛的金門送給我的「榮譽公民身份證」，這真是一份難得的殊榮，也讓我更加努力來完成這本光宗耀祖的「金門祖厝之美」。

謹以這本小冊子，獻給金門的朋友，和所有關心尋根工作、熱愛鄉土文化的人士！

陸炳文　謹識
民國八十五年光復節　於傑出公關公司

一、陳氏祖厝

我們常常聽到這一句話「陳林半天下」，意思是說陳姓在閩南和台灣地區都是第一大姓、第一大族；福建那兒我們姑且不論，光是台灣這裡幾乎每六、七個人之中，就有一位陳姓宗親。如果我們來到金門——這個至今仍然以同姓聚落爲社區主要型態的地方，前面所說的情形尤其顯而易見。

金門陳氏祖先，全部是由福建漳、泉兩地南移而來。翻閱「金門縣志」得知，晉朝時候中原板蕩，避難來浯（金門舊稱）者六姓，分別是蘇、陳、吳、蔡、呂、顏，陳姓即爲其一。唐僖宗廣明元年（西元八八〇年）王審知偕其兄王潮由河南光州固始南遷福建，爲了緬懷開漳聖王陳元光的功績，並嘉德其子孫，遂榜奏九世孫陳達爲從事郎官，負責鎮守浯州鹽場。陳達攜家帶眷來浯，擇吉卜居，安家落戶，繁衍子孫。宋朝靖康之難，中原陳氏更多避難南遷，而浯州陳姓先民又在往後數朝，陸續由漳、泉一帶移入，分居各村落，綿延繁衍，人口衆多，終於蔚成金門第一大姓。

經過數百年的慘澹經營，陳氏聚族的村落粗具規模，爲了發揚中國人慎終追遠及報本返始的精神，子孫們開始在各聚族之間興建陳氏宗族祠堂，以爲春秋祀典之所。無論是先來或後到，「建祠堂、敬祖先」這樣的中國傳統人文活動，早已成爲金門地方老百姓的一項生活習慣。如今，我們走訪金門各個島嶼、鄉鎮，做一番地毯式田野調查，居然發現大大小小共有三十二座陳姓祠堂，這個數字是不是十分令人吃驚呢？不過這些祠堂中，或有年久失修者，或有規制簡陋者，間或有乏於管理者，筆者僅就其中較具代表性及可看性之五座——金城西門陳氏祠堂穎川堂、金湖成功陳氏宗祠及陳氏八郎公宗祠、金沙陽宅陳氏宗祠，以及烈嶼湖下陳氏宗祠，綜理推介之。

在金門的各個陳氏祠堂裡，多半都是一姓一族的小宗祠堂，而位於金城鎮西門里的陳氏宗祠穎川堂，則是屬於大宗的總祠

祠堂，又稱家廟或祖厝，金門陳姓人家的祠堂共有三十二座，「建祠祭祖」早就是他們的生活重心。

堂。在祠堂文獻裡我們可以看到這一段文字：「……顧各鄉雖有小宗，而後浦爲官商所聚，尤宜立一總祠，崇祀太傅公，春秋享報，俾族衆以時聚首，亦親親睦族之意歟！」金門人有時爲了便於分辨，乾脆稱西門里的陳氏祠堂叫「陳祠堂」。這座祠堂創建於清光緒三十年（民國前八年，西元一九〇四年），當時鳩工庀材，召匠興築，前後花了六年時間才告落成，其間幸賴陳佐才等六位陳姓鄉賢運籌帷幄、奔走張羅，才能終底於成！後人爲了感念前人締造之艱辛，特在稍後增建的東廂房設立了一間「陸位廳」予以供奉；而高懸在前廳門額的一方木匾「浯江陳氏祠堂記」，亦正是建祠有功人士六位中的陳佐才，於清宣統二年所誌錄下來的。

　　陳氏大宗祠的建築型式，是典型的兩進式，不脫閩南傳統風格。這種二進式祠堂與一般所見四合院民宅外觀大致相同，不過

陳氏祠堂正門旁的「䪌牾窗」，在「陳」姓厝燈映照下，格外樸質典雅。

丘陵地形和「風飛沙」天氣有關。祠堂前廳正面台階、門柱、牆堵都取材於金門特產的花崗石，石材堅厚、雕工精美，用做祠堂基柱，給人一種磐基永固、固若金湯的印象。大門開三間門，正門上懸枋額「陳氏祠堂」朱地金字，兩側高掛一對「陳」字厝燈，燈號「太子太傅」，道出金門陳家系出唐朝官拜太子太傅陳邕之派下。

　　陳氏祠堂穎川堂建築規制完整，正門兩旁牆上開有「牴牾窗」，又稱「子午窗」，鏤空的圖案和窗花，石刻線條優雅，又可以透氣通風，兼具藝術之美與實用之便；正面牆沿與屋簷銜接的地方，塑置蹲坐獅子一對，高高在上，傲視四方，這是金門祠堂的一大特色，金門的地方守護神「風獅爺」不只是坐落在庄頭、

鏤空的「福」字窗花，石刻線條優雅，兼具藝術之美與實用之便。

廊簷樑柱、山櫛藻梲，間或置石獅以求居家平安。

村落，當地老百姓相信風獅爺能驅邪避凶、護佑平安，於是經常可以看到他們在住家屋頂上、或宅第牆簷間，塑置獅子的情形。陳氏宗祠內部木質結構，在金門同型建築中堪稱上乘之作，柱與樑之間運用各種不同的木塊架控承接，錯綜重疊，此即所謂的「山櫛藻梲」，在各處樑椽之上，雕刻了花卉鳥獸，工夫精細獨到，加上髹漆彩金，將祠堂妝點得富麗堂皇。值得一提的是，和金門各姓氏祠堂一樣，陳祠堂內所有木柱戶樞等處，一律塗上一層烏黑油漆，俗諺所稱「紅宮烏祖厝」的烏祖厝，意即指此！我國民間還有一項禁忌，就是宗祠的屋頂椽角忌諱漆紅，因為屋頂為「天」，紅色為「朱」，漆紅屋蓋則有「天誅」的顧忌！

　　西門里陳祠堂存有不少古物，前廳的一對銅製大燭台，以及

陳氏宗祠爲二進式大厝，重簷疊錯，堂構之美，絕不亞於其他建築。

象徵天公降福的「天公爐」，少說也有七、八十年的歷史；而堂上的部分楹聯，或題「宣統二年孟夏穀旦」，或書「宣統二年元旦吉日」，俱爲八十多年前舊物，有的是竹雕，有的是木製，更有木、泥、金三合一而成的楹柱，古意盎然，價值非凡！

金門地方上一向有「十三陳」的說法，這是因爲八十多年前陳姓人家爲了籌建「陳祠堂」，特依當時各房裔孫人丁之多寡，分成十三股各司其職，以利工作之推展：分別是陽翟（宅）陳、湖前陳、斗門陳、浦後陳、後山陳、古丘陳、舊金城陳等；祠堂落成後，仍然分爲十三股輪流在各地方小宗祠堂籌辦祭典。地方祠堂的春秋兩祭定在清明節及冬至，而總祠堂則定在農曆正月十八及十月十八，使與各股祭祖時間不相衝突。八十四年間，台北

市長陳水扁訪問金門時，還特別來到這座陳祠堂行祭祖之禮，一時之間在地方上傳爲佳話！

　　金門、台灣和大陸中原一帶一樣，有很多所謂的「冠姓地名」，成功，舊名爲陳坑，就是因爲陳姓人家聚居於此而得名。陳坑有兩座陳姓宗祠，分別是陳氏八郎公宗祠和陳氏宗祠，兩者相距不滿百尺，腹背相連、一大一小、一新一舊，相映成趣。稱作「北方祠堂」的成功陳氏祠堂年歲較輕，然而規模較大，初建時爲單進祖厝，十幾年前才擴建爲二進大厝。當時爲慎重其事，陳家曾向台灣名廠訂購屋瓦，可惜一直未能成交，只好被迫就地取材，改用金門產製瓦當，爲知本地土產建材更加結實美觀，建成之後，重簷疊錯，堂構之美，絕不亞於其他建築。稱作「南方祠堂」的陳氏八郎公宗祠，始建於清順治年間，三百多年來迭經重修，規制稍小，可是木石雕刻、花鳥彩繪仍頗有看頭！

　　陳氏八郎公宗祠祖龕旁有聯句曰「世澤綿延，俎豆蒸嘗隆舊典；家聲不振，鳳毛麟趾仰先型」，的確，成功（陳坑）陳氏先人典型多在，其中明朝先賢陳顯即爲一例。陳顯爲明太祖洪武五年（西元一三七三年）經魁，知德州，後調直隸；明成祖時，因直諫不成遂以病辭官。靖難初，朝廷遣使召顯，顯夜沐浴更衣後，再拜而死，志節忠懍！民間故事有傳陳顯不附和燕王之篡位，在任內吞金而死之說法，後入祀忠義祠。現今下坑（夏興）陳氏宗祠正中所懸之匾額，一爲清雍正聖旨欽旌之「忠臣」匾，一爲橫額，中題「志堅金石」四字，都是追頒給前朝忠臣陳顯的。

　　金門早年爲閩南各地居民遷居南洋的跳板，素有「僑鄉」之稱，許多百姓在世居金門數代之後，再向南洋地方移民。有些僑民到了異鄉，賺了些錢，往往飲水思源，認爲是祖上庇佑，因此常會返鄉興建或重修祠堂，在此同時，也將南洋風味的建築型式傳入金門。來到陽宅陳氏宗祠永昌堂，就可以看到一幢中西合璧的洋樓式祠堂，這是由陽宅陳家三分房裔孫華僑陳厚仲在民國二

即便是廊簷下細溜之處，
都極盡巧思妝飾打點，從
每個角度看都美。

十五年所重建的。嚴格來說，這座祠堂仍屬二進式建築，前進與一般祠堂並無多大差別，值得一提的是大門側壁之子午窗，窗花爲國徽圖案，這大概是全國祠堂之僅見，可見「華僑爲革命之母」這話一點兒都不假，他們雖然身在海外，心卻和家國緊密相連。國徽窗花上端，刻有「繩其祖武」和「貽厥孫謀」之字樣，也將海外僑民不忘根本的心情，表露無遺！永昌堂西廂房頂樓側面牆上，懸有一塊橢圓形的標牌，書有「浯陽小學校」字樣，旁邊還有1936幾個數字，可知在祠堂興建落成之初，還曾經提供地方做爲學校教室之用。陽宅陳氏宗祠永昌堂陳設較西化，內部楹柱看不到一幅對聯，不過裔孫們倒是十分用心的理出了家譜，律定了輩分昭穆，由派下二十世祖起使用。輩分字行曰「志克卿允子，公侯伯仲延；篤慶丕先澤，昭穆衍稷賢」，後世子孫悉用這首詩文順序排定輩分。所以，縱然將來裔孫流散四方，見到名字，談起家譜，宗族血脈人親土親之情，自然會將他們緊緊地連在一塊兒。

陳氏先世系出舜帝，舜在中國上古史中，以孝感動天而傳聖名。木本水源、數典不忘，因此裔孫們「奉先思孝」的觀念非常濃厚，每年春秋祭祖之日，各族宗長率子孫向先人膜拜，今古皆然，誠意如一，此情實堪告慰祖上在天之靈矣！

陽宅陳氏宗祠，是中西合璧式洋樓祠堂，在傳統閩南建築聚落中，十分突出。

二、王氏祖厝

金門金城鎮東門里有一處舊總鎮署衙門，現在是金門民防、行政之重地，名爲「浯江中心」，浯江中心前廣場左側，有一座古典的祠堂「閩王祠」，這座宗祠雖然名爲閩王祠或開閩王祠，其實就是金門地方王姓的總祠堂。

王氏姓源，派系衆多，可是萬流不離其宗，主要的一派即爲源自姬姓的太原王氏。根據閩王祠珍藏的「始祖開閩王簡述」文獻上的記載指出：

「閩省王氏出自太原派系。當唐廣明年間，黃巢作亂，政治不修，中原鼎沸。我始祖潮公、邽公、審知公兄弟三人，自光州固始扶其母董太夫人，統軍南下爲節度使，進駐閩邦，開疆拓土，斬棘披荊，修內政、整經武、勤王愛民、匡扶社稷、厥功甚偉，故時有三龍之美譽，閩人以『閩人祖』稱之。兄弟三人分受封，

頷首護門的石獅，雄姿勃勃，狀至生動。

閩王祠，是奉祀開閩祖先王審知三兄弟的聖殿。

一爲開閩忠懿王；一爲開閩武肅王；一爲開閩廣武王，全閩子民崇其功德，感恩謳歌，是有『開閩第一』之尊稱。我王氏子孫承澤祖德，啟迪後裔，繁衍綿延，多成巨族。」

　　前面說的是「開閩」之王，至於開浯呢？金門王姓概分三系：一爲山后王，係王審知八世孫王瑄所傳；二爲何厝王，同爲王審知後裔，明朝中葉由同安縣路嶺村遷居金門何厝；三爲珩厝王，亦爲王審知七世孫四郎支派所傳。除此之外，還有一系後浦王，原來居山后，後遷居泉州府晉江縣張厝鄉，清初有王國宗者輾轉再自晉江分支遷來金門小徑，旋又遷居後浦北門及東門一帶。

　　王姓在金門係屬大姓，分佈金門各個鄉鎮島嶼，各地方的宗祠自是不可或缺的家族精神殿堂。細數一下，王家在金門共有九座祠堂，而以閩王祠爲總祠，也就是說，閩王祠是金門所有王姓

人家「公有」的家廟，其餘在山后、後盤、東沙、洋山等地王氏宗祠，則都是分祠。

　　閩王祠創建於清宣統元年（西元一九〇九年），關於建祠之來龍去脈可以從「閩王祠創及重修誌」裡綜觀全貌。當時是由金門王氏族長王廷恭倡議興建，廷恭公是清末民初聞人，先後於王氏家族私塾執教五十餘年，學生遍及金浯和南洋各地；因其感於金浯各地雖有王氏宗祠，可是皆爲分祠堂，未見奉祀三位「開閩王」的總祠，至感不便，廷恭公於是登高一呼，興發建祠之議。此舉不但宗親熱烈響應，出錢出力，廷恭公還親赴星洲南洋等地廣募基金，很快就將建祠之事底定克成！在宗親集腋捐輸之下，閩王祠的木石建材等，均爲上乘之構，宗祠之美冠於全邑。民國四十七年的八二三砲戰，給金門地區民宅建築等帶來了空前的浩劫，閩王祠也未能幸免於難，遭砲火擊中，棟樑屋瓦等支離脫落，

東門王氏宗祠，廟貌端莊堂皇。

昔日堂皇景觀不再，復於六十一年、七十七年二度重修，始有今日之廟貌。

這座祠堂為二進式建築，雖不復昔日之富麗，但仍不失堂構之端莊。尤其門廳左右對開的子午窗，石雕窗花工夫精細，獨步浯島；屋頂下檐椽瓦當，不施油漆或鎏金，古樸有緻。這些飾物，凸顯閩王祠建築技術之高超，也豐富了它的藝術境界！另外，由祠堂屋頂上沿的一溜覆蓋脊飾，也可以看出金門王氏一門代出人傑，功在桑梓宗邦的成就。

除了建築物本身的硬體結構之外，祠堂的各式人文陳設，亦為非常重要的宗族表徵。諸如：楹柱聯句、堂第懸匾、典故軼事、鐘鼓燈飾、族譜昭穆等，只要稍微用心觀察，一定能夠體會到該族之繁衍盛況，與裔孫揚名立萬之輝煌歷史。閩王祠內外懸匾之多，為金門數一數二，「閩王祠」、「祖德永昭」、「槐蔭萬

后厝王氏家廟在金門地方上算是相當新穎亮麗的祠堂。

里」、「開閩第一」、「萬世昌隆」、「承先啟後」、「太原堂」等，林林總總，宛如英雄的勳表，閃耀著祖上的榮光，自然也成爲閩王祠內注目的焦點。

很多人都知道，有些講究一點兒的家族，會用名字當中的某一個字作爲排定輩分的順序，所以只要是同姓宗親，見面時一互道姓名，就知道彼此的長幼輩分。這是自古流傳下來的習俗，叫作「昭穆」，國人通常會用一首詩文或一段榮耀的軼文，或祖先交代下來的警句等，作爲昭穆的傳字順序。金門王家昭穆井然，自十世王國宗的「國」字輩起至十九世，歷代編字如下：「國錫世端崇，紹濟志宏美」；因恐不敷使用，續編從二十世開始，預排序可用到五十五世，聯句曰：

鳳采振丹山，念祖宗創造，顯庸聿定千秋大業；
黥濤瀕碧海，願子孫英奇，磊落好乘萬里雄風。

目前派下王氏子弟已經排到第十八、十九世，也就是宏、美字輩，再下一代，續編昭穆就可以派上用場了！

自從金門開放觀光以來，吸引了大量的國內外遊客前往「前線戰地」一窺它的神祕面貌。而在衆多的觀光景點中，最引人注目的，首推「金門民俗文化村」，那是一處保存得相當完整的「十八棟大厝」，規模宏偉，古色古香，造訪者莫不留下深刻的印象！說到這裡，金門王家又開始眉飛色舞了，原來這一片連綿的古蹟，正是山后王家的祖產。山后村人王國珍，於清同治年間東遊日本，經商致富，成爲僑商巨擘；他的兒子敬祥承繼父業，爲旅日華僑總商會會長，在　國父革命建國的過程中，曾經出錢出力，貢獻過不少心力。王國珍父子事業有成，亟欲回饋鄉梓，於是回到金門山后斥巨資闢建祖厝，總計閩南式二進住宅十六棟，三進鄉塾及宗祠各一棟，合稱「十八棟厝」。這一座多元性綜合

式宅第前後共花了二十四個年頭來興建，可見其工程之艱鉅、花費之高昂和規模之浩大了！

近年來，由於社區生活型態的大幅轉變，加上族人後裔子孫外遷各地，偌大房舍漸次荒廢閒置，真是十分可惜！爲了光大文化遺產，宏揚優良民俗，金門縣政府乃於民國六十九年斥資整建，並更名爲「金門民俗文化村」，以爲永久之保留。

這座民俗文化村設有文物館、禮儀館、喜慶館、休閒館、武館等，其中「禮儀館」就是舊有的山后王氏宗祠。縣政府在改建十八棟厝時，爲了不影響王氏宗祠舊貌，裡裡外外盡可能不去動它，亦未做任何加工點綴，只稍經髹金粉刷，祠堂就煥然一新了！

自古以來，在中國社會裡「祠堂」就是氏族精神聯繫的中心，也是宗親禮數維繫的堡壘。金門島長期孤懸海外，一般民衆之所以仍能崇本務實，安身立命，甚至傳承禮教，宏揚文化，宗祠

山后王氏宗祠（禮儀館）內裝飾十分講究。

山后王氏宗祠，氣宇非凡，也是金門民俗文化村內的禮儀館。

王姓因王審知三兄弟開閩，而以「開閩第一」爲榮。

家法的教化實在發揮了很大的力量。所以在古厝修繕時，王氏宗祠特予保留，同時闢作文化村中的禮儀館，以廣收社會教育的功能，用心可謂良苦！

王氏宗祠最值得一提的是他的地理風水，因為他依山傍海、坐西向東，每當旭日東昇，曙光乍現，太陽慢慢從海上曜昇之際，有如金輪騰空，堪稱絕妙景致；據勘輿先生稱，此地恆為有名之風水，蓋因坐落在「巨龍出穴」之處。又據山后老一輩的居民指出，這隻龍的「龍頭」就在王氏宗祠祠堂右前方的牆角出土，經現地勘察，果真有一塊狀似龍頭的巨石矗立該處，而「龍尾」則由祠堂內右後廂房中出土，果真那兒也有一塊隆起約數尺高的巨石！繪聲繪影，無怪乎此處被地理師視為上上吉地了！

山后王氏宗祠正堂中央，設有大型立地神龕，供奉開閩王氏三昆仲及王氏列祖烈宗之神位。龕門雕飾極為精細，值得品味；龕前楹上各懸一盞厝燈，燈號為「王」、「開閩第一」，這類厝燈一名平安燈，或作子孫燈，都有為裔孫求源遠流長，福澤興旺的美意。供桌兩側分置繖蓋及綸扇各一，上面均用絲線繡出「山后王氏宗祠、開閩第一」等字樣，極盡尊貴；另在串堂兩旁設有大型鐘鼓各一，每當舉行祭禮之時，鐘鼓齊鳴，更添肅穆，而「暮鼓晨鐘」的構想，對後世裔孫更有振聾啟聵的意義。

王氏人家源遠流長，歷來出仕將相王公者迭見王氏族裔，原來他們有一套教忠教孝的族規「四句箴言」，作為全體宗親的行為準繩。這四句箴言是：

> 一為篤行孝道，二為敦親睦族，
> 三為砥礪品德，四為報效國家。

由修己善羣到齊家治國，中國故有的紀綱倫常盡在其中矣！這或許也是王姓人氏以姓「王」為傲的原因之一吧！

三、張氏祖厝

在金門現有各姓氏宗祠中，論規模之寬廣，要數青嶼的張氏家廟為最，不論是它的外觀門面，或是內部格局，都稱得上宏偉壯觀。所謂木有本，水有源，中國人對祖先的追思和對神明的崇拜，除了表現在虔誠的祭禮祀典外，就是竭盡所能為祖先修葺宗廟，為神祇興築寺宇。在金門，最富麗的寺廟、最堂皇的祖厝，正巧都在金沙鎮，這就是官澳的廣澤尊王廟，以及青嶼的張氏家廟。因而地方上流傳著「官澳宮、青嶼祖厝」的俗諺！

金門全境共有七座張姓祠堂，除了烈嶼鄉（小金門）後宅的張氏宗祠已經傾圮外，另有五座分佈在金沙鎮，一座在金寧鄉，而最具代表性的就數金沙鎮青嶼的兩座張氏宗祠。

張氏姓源，出自姬姓。張氏為黃帝之子青陽氏之後，共有十四個望出之處，其中以「清河」為最著。唐貞元年間，隨牧馬監陳淵來金門的十二姓中，張亦其一。現今金門的張姓約有四系，青嶼張、沙尾張、大嶝張和烈嶼張，以青嶼張最旺。說起張氏的姓源，可以上溯到周宣王時，當時的卿士張仲，其後裔在春秋時仕晉為大夫，到了韓、趙、魏三家分晉，張開地為韓相，其裔孫張良於漢初時被冊封為文成侯，受采地於「留」，居陳留。張良之孫張典，漢文帝時出任清河太守，整個家族遷往清河仁里鄉定居，嗣後族裔就以「清河」為郡號。金門青嶼張當然也不例外，世世代代不忘其所出「清河郡」。

青嶼張氏家廟始建於明正統五年（西元一四四○年），迄今已有五百多年的歷史，其間在清乾隆五十九年（西元一七九四年）重修一次，這一項修葺紀錄，可以從張家保存的一塊十分珍貴的「磚契」上，找到證明。

中國人自古以來十分重視信約，除了講人言為信之外，還講求「契約憑証」——一種做憑據的文書，像是買賣房屋有房契，土地有地契，至於「磚契」讀者大概聞所未聞！一般來說，這種磚契是用一塊片狀紅磚做成，約三十公分見方，二至三公分的厚

青嶼張氏家廟規制，格局相當完整，是全金門最為宏偉、壯觀的家廟。

度，上面用毛筆書寫契約內容，並注明立契時間及立契人和見証人的名字。一對對磚契綑紮妥當後，在祠堂落成或重修奠安時，埋在祖龕土座正中的地磚之下，直到下次宗祠重建或遷建時，才有機會掘出取視。這樣的契約，如同宗祠在向歷史立契、向土地定約一般，十分神聖！而早年民間習用的磚契，如今已十分罕見，在筆者走訪台灣和金門等地各姓氏祠堂中，青嶼張家的磚契，還是頭一回見到，真可說是古物中的古物，珍寶中的珍寶。張家的磚契共有兩則契文，轉述如下，以饗讀者：

　　其一曰：福建泉州府同安縣馬巷分府翔風里浯洲嶼十九都陽田堡青嶼鄉，張姓生員暨合族人等，因昔年就重恩堂地起蓋祖祠一座，二落，坐卯向西兼甲庚，已經進祖奉祀，合然慶成。

　　其二曰：即將重恩堂基址，興建大宗祠進祖奉祀，今已修理仗道設醮就壇，收過冥金三百錠，日後傳及子孫，永為己業，不

張氏家廟早年建祠時立下的「磚契」，爲台、閩地區僅見。

得奸險邪害異插奪住，俾地龍大進，福蔭兒孫，丁財兩旺，富貴雙全。此地係是自己物業，與他無干，亦未重典他人無礙，如有不明賣主抵當，不干銀主之事。恐口無憑，立買磚契爲炤（照），作中三清公（道士名），知見土地公（神明名）。

我們之所以有幸得見這些磚契，是因爲青嶼張氏家廟在民國六十五年又再度重修，七十三年裝修内部，使復舊觀，不過迄今猶未選定奠安的日子，舊有的磚契尚未還原之故！

從磚契契文中，可以看到這座家廟最早叫做「重恩堂」，是張家裔孫早年自立的堂號，現在的張氏家廟祖龕上，仍然高懸一塊重恩堂的匾額。中國人各姓氏常見設立「郡望」「堂號」的情形，前面曾經提到郡望是指一姓望出之地；而堂號則是該姓過去的光榮軼事，或對這一姓極具意義的祖先事蹟。張姓人氏最常見的堂號是「百忍」，沙美的張氏宗祠堂號就是「百忍」，而此地所用的「重恩」，則屬家族自立，別處十分少見！

有關「百忍堂」的緣由，於史可考。相傳唐朝有張公藝者，

原居山東壽張縣，九代同堂，地方傳爲美談；唐高宗曾經親至張宅，垂詢治家睦親之道，如何能九世同居而全族安謐毫無怨言？只見張公藝拿起筆來，但書「忍」字一百遍，進呈皇帝御覽。高宗深爲感動，泣然淚下，特御書「百忍」以爲堂號，故張姓以百忍爲堂號者，實得自先人一忍再忍之遺緒！

除了以上這則說法，還有另一則饒富趣味的「百忍之說」。相傳從前在山東地方有一位張公，他曾發願一生中要行一百件忍辱負重的事。他如願的忍過了九十九次，第一百次考驗正是他孫子娶媳婦的日子，一位道士爲了考驗張公忍辱的工夫，特向張公提道「要和新娘子做一夜夫妻」。這件事自然十分爲難張公，但他想：什麼屈辱都忍過去了，最後一次有何不可？於是要孫子替他完成百忍大願。那天晚上，只見道士在新娘房中跳個不停，嘴

樑椽銜接之處，最見建築師傅之匠心。

大門兩側子午窗（鼠虎窗）雕花精美，麒麟、浮雕的牆堵，古意盎然。

林林總總的懸匾，宛如英雄的勳表，訴說張家祖德榮光。

裡念著：看得破、忍得過。到了第二天早上，道士竟然得道成為一個金人，張公也因此完成了心願。現在山東聽說仍有一座「百忍堂」，用做紀念張公百忍的事蹟。

青嶼張氏家廟在規制上屬二進大厝，佔地頗廣，堂皇高敞，光彩炫耀。祠堂門眉額石上，紅地金字刻著「張氏家廟」四個大字（祠堂，因為是奉祀一姓祖先及宗親精神信仰之所在，也有人稱之為「家廟」）。家廟門前兩旁設有雙龍搶珠的石鼓一對，雕刻翻騰跳躍之張爪蟠龍，狀至生動，為金門所僅見！大門兩側子午窗下麒麟浮雕的石質裙堵、泉州白的石枕，以及優雅的燕尾脊、樸質的瓦當，在在可以看出祠堂之古意！

張氏家廟大廳之上懸有大小匾額十三方，最著名的是「父子進士」、「兄弟進士」和「昆仲名卿」等三匾，所指的是譽滿浯島的張鳳徵父子、張定兄弟和張苗昆仲之事蹟。

金沙鎮另一座張家祠堂，位在沙美勝利街。這座沙美張氏宗祠始建於何年何月，並無任何蛛絲馬跡可供索驥，僅知重建時間

沙美張氏宗祠大門繪有武將做門神。

張氏宗祠門檻兩側，豎立一對「乞丐椅」，年歲久遠，為家廟之舊器。

在山牆頂端做細部裝飾，
是我國傳統建築特色之一
，圖樣豐富，盡是富貴兆
吉之象

在二十多年前（民國五十八年），而於六十年奠安慶成。重修之後的張氏宗祠，廟貌雖然煥然一新，但仍留存不少古物，新舊並陳，相映成趣。新廟是一座道地的二進式祖厝，圍成四合院，前進為門廳，正門上油畫門神一幅，畫的是神荼、鬱壘；門檻兩側豎有一對方型石墩，俗稱「乞丐椅」，為家廟之舊器，雕刻精美，油亮黝黑，顯然年歲相當久遠！祠堂正面台階、門柱及牆堵，都用花崗石做建材，雖都是素面未經雕飾，但粗糙風蝕的質感，更見古意，此與圓形子午窗現代感的窗花，恰成有趣的對照。

　　第二進為正廳，前後左右橫樑上共有六方匾額，有明、清兩朝的「文魁」「進士」「選魁」三方；新立者有張羣的「百忍敦孝」、張寶樹的「世澤長綿」和張知本的「忠孝」三方，相映爭輝。

　　沙美地方共有四百六、七十戶人家，張姓就佔了三分之二，約三百多戶，他們選在每年的清明和冬至舉行祭祖。祭禮完全依照古制，沙美張氏宗祠有一份禮儀程序，依序是：奏上樂、鳴炮、奏細樂、上香、再上香、三上香、進果、獻果、進饌、獻饌、進金帛、獻金帛、進湯圓、獻湯圓、跪拜、樂止、宣讀祝文、祝畢樂升、拜、再拜、三拜、四拜、興、焚祝化帛、奏大樂、鳴炮、禮成。雖然看似繁文縟節，但是由中規中矩的行禮如儀中，我們也可以看出張氏人家對祖先慎終追遠的那分神聖與莊嚴！

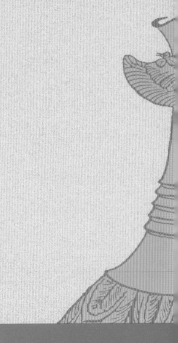

四、蔡氏祖厝

從我國歷史發展的腳步和文化遞演的軌迹來看，「金門」都是中華文化傳衍到台澎地區之中繼站；從民族遷徙的歷程來說，金門更是「台灣住民之鄉」，台灣首五大姓，如陳、林、李、許、蔡各姓的第一位開台祖，全是由金門渡海遷來，當然其他大姓也不乏由金門地方大族繁衍而來者。

蔡姓不但是台灣的大姓，在金門地方上，「蔡」可也是個響叮噹的姓氏。金門狀似金錠，也有人形容它像個啞鈴，而這個啞鈴中間供手掌握住的虎口之處，就是全島中央最窄的地方，有一個叫做「瓊林」的村落，不但是戰略專家眼中的地形要點，也是民俗學者眼中的文化瑰寶！因爲在金門一百六十多座祠中，唯一被政府評列爲國家二級古蹟的祠堂——蔡氏十一世宗祠，就是瓊林十分重要的地標！

金門地方的老百姓，只要提起瓊林，就會說到蔡姓；只要講到蔡姓，一定會聯想到瓊林，總之「瓊林蔡」已經是二而爲一的事了。瓊林地方絕大多數都世居蔡姓人家，一村之中，蔡姓以分房或分世而興建的祠堂就多達七座，其中以大宗宗祠「蔡氏家廟」和新倉上二房「十一世宗祠」最具代表性。

蔡氏姓源，出自姬姓。我們只要是稍微熟讀中國上古三代歷史，當可看出蔡姓得姓之原委。「史記·管蔡世家」上記載，周文王姬昌第五子叔度在武王滅紂時，被封疆於蔡，史稱蔡叔。武王駕崩之後，成王年少，管叔和蔡叔挾武夷叛亂，爲周公弭平，殺管叔、放蔡叔，周公於是代成王攝政，是爲「成周」。蔡叔之子名胡，復封於蔡，後亡於楚，失國後子孫散居各地，遂以國爲氏而姓了蔡。另外，根據「金門縣志·民族篇」上的說法，晉時五胡之亂，中原多故，義民避亂逃居浯洲者六姓，蔡即其一。唐朝貞元年間，隨牧馬監陳淵來浯之十二姓當中，蔡亦其一。由此可證蔡姓入浯爲時甚早。

瓊林蔡氏家廟是一座傳統的閩南二進式建築，最早是「瓊林

木質結構是蔡氏家廟建築的精髓，斑駁的色調散發著無限古風。

蔡」一世老祖宗十七郎公居住的地方；後來蔡姓子弟漸漸發達，才在舊址建成公廳，一稱祖廳，用以安置先人牌位，按時祭拜，而後終成為瓊林蔡姓人家的總祠堂。

今日我們所見之蔡氏家廟，重建於清乾隆三十五年（西元一七七○年），主其事者為前庭房十九世蔡克魁，相傳克魁本來是要模擬青嶼張氏宗祠之規格建造，但是丈量者一時疏忽，僅由屋牆內圍起量，等到建成之後，才發現祠堂小了一號，成為蔡家人記憶中的一樁憾事。民國二十三年、七十二年曾經二度重修，始有今日之廟貌。

蔡氏家廟規制完整，三川門、天井、翼廊、正殿，這樣的平面配置是二進式古厝的標準圖式，形簡備全，不僅表達了各部分空間的功能，更重要的是它反映出建築結構上的秩序，使得祠堂內部顯得靈活流暢。蔡氏家廟樑架是以抬樑式為主，也就是在柱上架樑、樑上承檁、檁上接椽，井然有序。家廟內外各個木質部

蔡姓是瓊林地方望族，共有七座祖厝，這座蔡氏家廟是大宗總祠。

分如樑架、斗拱、門窗、隔扇等，都飾有精雕細刻的圖案，色澤柔和，圖飾典雅，使蔡氏家廟在整個木質泛舊的灰褐色系中，還能凸顯出彩繪的特色！另外，在這座家廟的屋脊、山牆、水車堵等處，也隨處可見細膩生動的剪黏和泥塑；而牆面的龍虎堵、馬櫃台、石柱珠等，這些壁飾或石蹲，全爲變化多端的石雕或交趾燒，有的渾厚，有的華麗，頗引人入勝！

蔡氏家廟正殿牆上有斗大的法書「忠孝」、「廉潔」，分別列於左右兩側，是祠堂內另一個引人注目的焦點，而忠孝、廉潔的精神，也成爲裔孫們進入祠堂的第一門功課。正殿裡有進士匾六方，以及一幅書有「祖孫父子兄弟伯姪登科」字樣的匾額，足徵瓊林蔡氏家世之顯赫，子弟早年多有志功名。明朝時科甲聯登，清朝時武將舉人出仕者更多。地方人氏相傳這座家廟位在「牡丹穴」上，風水甚佳，所以才能子孫昌盛，光前裕後！

蔡氏宗祠木質斗拱，渾然蒼勁，刻工瀟灑。

　　距離蔡氏家廟不遠處，另有一座規制宏偉的宗祠，全名是「新倉上二房十一世宗祠」，在瓊林的七座蔡姓宗祠之中，因屬年歲最晚者，村人又稱之為「新祖厝」。雖說是新，但是算起來也有一百五十多個年頭了！這座祠堂創建於清道光二十年（西元一八四〇年），祠堂右側內牆上，嵌了一塊碑記，是由新倉三房裔孫，也是澎湖蔡家最富盛名的前清進士蔡廷蘭，在當年由澎湖北上赴京趕考，順道金門歸省祖墳，並登祠堂瞻拜時所記。此時蔡廷蘭尚未考取進士，宗祠也才落成兩年，碑文之所誌，誠為宗祠之第一手資料。

　　我們從碑記中可以得知，瓊林蔡氏十一世宗祠早年為蔡蔚亭獨力捐建，因為蔚亭當時經商致富，家計收入頗豐，對祠堂建材之選擇相當考究，建築規模之要求也較其他宗祠略高一籌。正因如此，十一世宗祠最大的特色就是建材美觀、雕工精緻、堂構高闊、極盡尊貴。興建時期當清朝中業，台灣在同一時期規模相當的寺宇有淡水的鄞山寺（俗稱汀州會館）、新竹鄭氏家廟等，整

蔡氏宗祠，前後三進，木石結構精雕細琢，現列爲國家二級古蹟。

傳統合院建築，門廳和正廳之間的庭院，呈現出一種「空間」的美感。

個來說，這些建築在格局、規制、用材與風貌各方面，都有異曲同工之妙！

　　蔡氏十一世宗祠是座三進式的古建築，這種三進式祠堂，寬闊與二進式相彷，但在正廳後面增建一進，縱深較長。這種標準的三落大厝，前進（山門）、正廳和後進（后殿）計三大間，其間左右用廂房連接，分別構成兩個合院，又稱爲「三間三進二過水四合院」建築。平常擔任祭祖殿堂的祠堂，因爲多了後殿和廂房，可供裔孫們居住，感覺上十分平易親切！

　　蔡氏十一世宗祠整座祖厝之屋脊，飛簷燕尾線條十分優雅，屋脊脊堵上的螭虎泥塑，及早年的剪黏脊飾，雖然色澤都呈斑駁，但外型依舊保持完好，是相當不容易的事。此外最有看頭的，是屋面與屋脊交接處的各種泥塑，懸魚惹草、祥獅嬉戲，神情均至爲生動！早年蔡氏十一世宗祠的木質繪刻，技壓羣祠，是金門

由祠堂側面取景，門廳、欅頭、正廳三者，層次分明。

島上的代表之作，可惜經過了一百多年的風雨侵蝕，各個彩飾漸顯暗淡，就連山門上懸掛的「十一世宗祠」牌匾，也鮮麗盡退，不過倒是能將整座祠堂呈現出一片盎然的古風。

祠堂內部祖龕上設有「祖德流芳」匾，後殿則置了一方「臨在上」匾，雕刻瀟灑；最被視為珍寶的，是供桌上擺設的一座木製長方形大香爐，爐上明顯刻著「濟美堂」字樣，標示出瓊林新倉上二房蔡家的堂號。整體來看，這座祠堂雖然不復當年之富麗，可是氣勢依然恢宏，規制十分完整，古風淳厚，被內政部列為國家二級古蹟。

瓊林蔡氏家族之祖訓是「仁、讓、信」三個字，這是金門蔡家十四世祖官拜中憲大夫的蔡宗德，於明嘉靖八年（西元一五二九年）訂定的。在中國的舊社會裡，老百姓法律的觀念十分淡薄，社會秩序之維繫，端賴人際倫常之規範，而之所以使人倫不背、社會有序者，往往是先人留下來的金玉良言，尤其是「祖訓」更是族人生活的最高準則。金門蔡家族譜特別強調：仁，譜之屬也；讓，譜之序也；信，譜之保也。不仁則散，不讓則亂，不信則毀。族譜中還詳細闡述仁、讓、信三者的精義：「毋幸釁，毋弱孤幼，毋弱肉而強食，仁也。毋競利先物，毋干上，毋隔往來，讓也。毋欺罔先生，毋愚弄小子，信也。」數百年來，這「仁、讓、信」的觀念代代相傳，成為每位瓊林蔡家裔孫的深厚信念，故能「聯親疏為一體，合遠近為一家」。雖然這祖訓沒有碑匾懸在祠堂內耳提面命，昭示族人，但是這三個字早已深印在裔孫們的心版上，和他們的行為規範聯作一氣了。

祖訓可以代代相傳，只要有心，可以歷千百年而不衰，然而硬體建築卻不然！眼看著蔡氏宗祠遭無情的歲月和風雨的摧殘，雖列身「國家二級古蹟」又能如何？真心盼望政府和蔡家子孫、有心人士能在古蹟維護與保存的工作上，齊一步伐，共同努力，以為祖先遺緒及歷史文化，留下一件寶貴的歷史見證！

飛簷燕尾上置有蜥虎泥塑，豐富了祠宇屋脊的姿態。

五、六姓祖厝

中國人非常重視崇功報本、尊祖範後的精神，因此有各姓氏宗祠之設。走訪台澎各地，絕大多數是一姓一祠，各自奉祀各自的祖先；來到金門，卻先後在大、小金門看到兩座「六姓宗祠」，將不同的六個姓氏祖先們，供奉一處，分別是金城西門里的「六桂家廟」和烈嶼東坑的「六姓宗祠」。六桂家廟是源出一脈的洪、江、翁、汪、龔、方六姓聯宗共有的祠堂；而小金門的六姓宗祠，則是將毫無血源關係的杜、孫、程、林、蔡、陳六個姓氏聯合起來，共同奉祀他們的祖先！而無論是有血緣也好，沒有血緣也罷，看到「六姓」不分彼此，土親人親一家親的精神，自是萬分感動的！

對中國姓氏稍有興趣的讀者或許知道，洪、江、翁、汪、龔、方六姓子孫，常常喜歡以「六桂」來聯稱，為甚麼呢？這要從翁氏得姓說起。

根據「姓氏考略」引「姓纂」上的說法，周昭王庶子食采於翁，因以為氏。據傳昭王之妾因目睹白虹貫日而懷了身孕，當這個嬰兒出生之時，兩隻手掌始終握拳不開，昭王命以水澤之，才鬆開了雙拳，此時但見嬰兒左手心掌紋呈「公」字，右手心掌紋呈「羽」字，合公羽為「翁」字，遂賜姓為翁。在我國先秦時期，婚姻制度還未成俗時，類似這樣的神話時有所聞！

翁姓裔孫翁軒於唐朝中葉時，官至閩州刺史，卜居莆田竹嘯莊，是為翁姓入閩之始。再傳十一世至翁茂禧，仕於泉州，其曾孫翁乾度於宋朝時官至郎中，娶夫人陳氏，生育六子，分姓六氏，依長幼之序為洪、江、翁、方、龔、汪。相傳這六個孩子曾經先後進士及第，人稱之曰「六桂聯芳」，並賦詩以為頌，詩曰：

落地三朝乳不通，生枝本姓公羽翁，長次改易是洪江，三子不改父母志，四五永歸方龔姓，六男自立以為汪，枝分南北東西省，六姓原來是一宗，但願兒孫知同族，姻緣嫁娶莫亂綱。

我國姓氏之來源，或有食采受封而來；或有帝王相賜而來；或有避難改姓而來，都有其脈絡可尋，至於像翁姓這般一姓而自分爲六姓的情形，真是十分罕見。不過有一點要特別提出的是，這另外五姓都是原本已有的姓氏，各有各的源流，只有屬於「六桂」派下的那五姓，才是得自於翁姓。

　　坐落於金城鎮西門里的六桂家廟，是位於建築主體第三樓的祠堂，這顯然是金門最高的一座祠堂了。受於地理位置之限制，六桂家廟規模並不大，殿堂內部約十公尺見方，三樓前段臨街處，豎立一座門廳，不過嚴格說來只能算是牌樓。牌樓與殿堂之間的中庭，搭設棚架，成爲宗親舉行祭典的場所；中庭前端，置有用生鐵鑄成的巨型仿古香爐一座，爐高過肩，寬約兩、三人合抱，重達一噸，爐提雙耳部分，是用龍形雕飾塑黏，望之儼然似雙龍抱珠狀。如此這般的大香爐，堪稱香爐王，在金門各姓氏宗祠

六桂家廟，是洪、江、翁、汪、龔、方六姓聯宗共有的祠堂。

坐落在住宅三樓的六桂家廟，是金門位置最高的一座祠堂。

象徵一族富貴地位
的石鼓，增添祠堂
氣勢。

裡，無出其右者！

　　不過比起建祠年歲，西門六桂家廟卻是十分年輕，它創建於民國六十五年，七十年才慶成奠安。這座祠堂稱不上金碧輝煌，可是宗親們對祠堂內之楹聯對句，卻頗用心營造，用字遣詞都在「六桂」上面打轉！算得上是祠堂的特色之一。茲擇其較具代表性者數則，披露於下：

牌樓聯一　　　　姬周支裔，繼繼繩繩，千枝歸一本；
　　　　　　　　六桂傳芳，綿綿世世，萬脈總同源。

牌樓聯二　　　　篤念祖德，敬慎追遠，六桂聯宗同一脈；
　　　　　　　　敦睦族誼，永敦彝倫，四時禋祀繼千秋。

祖龕聯一　　　　六姓雖分，源流一本，宋代冠纓傳祖德；
　　　　　　　　桂宗蕃衍，血脈相親，金門拱拜弟聯兄。

一般祠堂子午窗花，常以
花草鳥雀作圖案，金門百
姓卻常以「福」字窗花求
平安。

這座六桂家廟在筆者走訪時，堂上祖龕主祀位置，只供奉汪姓始祖，這或許是執事先生的疏忽而掛一漏五，也或許是六姓人家根本不分彼此，以一當六，所以就不在意了！

　　烈嶼鄉就是我們常說的小金門，雖然僅只彈丸之地，又位在前線中的前線，可是仍然村村有祠堂，處處是古蹟。小金門的東坑村分爲上東坑、下東坑，上東坑清一色幾乎全爲呂姓，下東坑則雜居六姓；由於呂姓爲東坑大族，擁有自己的呂氏家廟，而其餘六姓杜、孫、程、林、蔡、陳，因爲各姓人丁並不衆多，無力各建各的宗廟，可又不忍祖先無祭享之所，乃提議各姓聯合建立「六姓宗祠」，從此六姓對內可以團結聯誼，對外更可以加強宗族實力，共赴各種危疑困境。而這六姓原本並不相關的人家，能打破姓氏藩籬而合建祠堂，把族人尋根探源一脈相承「縱」的關

小金門六姓宗祠，將宗親情誼，擴爲里仁之美。

「千枝一本，六桂同
源」，文桂堂神龕富
麗堂皇。

係，更擴大爲里仁爲美敦親睦鄰「橫」的聯繫，使宗邦、桑梓同
揚芬芳，真是意義非凡！

　　在這六氏之中，杜、孫、林、蔡、陳是舊有姓氏，只有程姓
是新增姓氏。金門現有氏族一百八十六姓，均係唐朝以後來茲，
舊有八十姓之外，另一百零六姓是最近四十年來，大江南北各地
風從雲集而新增設籍之姓氏，想再過數世之後，金門這個海上樂
園氏族之多，恐又將是另一種新的局面了。

　　距離現在一百三十多年前，清咸豐年間（西元一八五一～一八
六一年）下東坑的「六姓宗祠」與上東坑的「呂氏家廟」，因爲
建成時間和坐向風水不分上下，祠宇規模無分軒輊，地方上因而
有「同一龍脈、同安家廟」的說法。不過仔細一看，六姓宗祠右
後方橫過一條小水溝，形成缺隙，在堪輿上來說略有瑕疵，六姓
人家未能免俗，補救之道就是在缺口處蓋一座小土地廟，外加一
座白雞石座，說是可以鎮邪避風等等；又稱雞能啄食白蟻，可常
保堂構之不爲蟲腐。儘管如此，這一百多年來，六姓宗祠還是禁
不起歲月侵蝕，曾經在民國七年、民國七十年兩度重修，才能保
祠宇常新。

　　說到風水，還有一段這樣的插曲：民國七十二、三年間，烈

嶼地方大力推行國民義務勞動服務，決定開挖一個池塘，可免日後乾旱缺水之苦，解決不時之須，而池塘出水處有條大溝，呂姓要將溝取直，六姓卻不以爲然，認爲會破壞宗祠風水，雙方爲此頓萌誤會，而生口角爭執，幾至互不往來的地步，甚至連婚喪喜慶也互不相干。如此持續了好幾年，直到前些時候，包括西方、東坑、下田、雙口、西吳、湖井頭等六個自然村，有座大廟「西方宮」奠安，呂姓和六姓在這個場合中不期而遇，雙方認爲長此交惡下去，絕非地方之福，於是在各姓氏長老出面調解之下，各姓終於盡釋前嫌，重修舊好！

「六姓宗祠」是下東坑地方僅有的一座祠堂，當初，杜、孫、程、林、蔡、陳六姓結盟聯宗時，共計十六戶人家參與。其中陳姓兩家因爲只有兩位老太太，慨然捐出住地做爲建祠之用地，自己卻在他處棲身，另五姓宗親感念她們的精神，至今祠堂神主總牌之首位，一直奉祀陳姓先祖，其他各姓先人則併列在後。六姓宗祠裡有一對這樣的聯句：「六姓同宗，如兄如弟；一堂共祀，若子若孫」，誠然，在他們各姓裔孫的心中，絕沒有誰大誰小、誰主誰從的問題，真的是六姓一家親，如兄如弟，若子若孫。

歲月推移，人事更迭，現今小金門東坑之六姓，蔡姓人丁少，且早已舉家遷往南洋一帶發展；程家子孫也先後移居台灣和星、馬等地，目前無人留在東坑；如今只有孫、林、杜三姓仍有裔孫長住在此，他們總共三多戶，每年冬至祭祖之後，還要辦席五桌，共敍宗親天倫！

無論是六桂家廟或是六姓宗祠，裔孫祭祖的時間都是清明、冬至，這也是所有中國人祭拜祖先的日子。除此之外，除夕、中秋、重陽、春分等重要節日，有的祠堂也會舉行祭禮；即使各宗祠派下裔孫身在異地，大家的心卻無日不以祖上祠堂爲念，希望祖宗有知，庇佑子子孫孫相親相愛，鄰里宗親和諧共處，好好護衛、耕耘這一片美麗的家園。

六、吳姓祖厝

　　過去金門物資缺乏，建築材料都要從內地運來，對多數的金門人來說，這是一筆很大的負擔。普通人家想起新厝，必須經過兩、三代的克勤克儉，才有指望；若要興建一座像樣的祖厝，更要積年累月，甚至幾十年的籌措，方克有成。所以在建屋落成時，都有一些迷信和禁忌，以保全成果！金門舊式房屋之壓勝物，就是被認爲可以驅邪鎮宅。這些壓勝物或是在宅前立一照牆，牆上置鎮煞符；或是在門楣、屋脊、屋頂放一面八卦圖；而在安岐的吳氏家廟，則有一組難得一見的「牆角安角符」，它的作用也在於此。

　　說起吳姓，在金門也是大戶人家，光是宗祠就有七座之多，分佈在金城、金寧、金沙和烈嶼等鄉鎮。在此僅就其中較具規模，和較具代表姓之三座做一綜合性之介紹——安岐吳氏家廟、大地吳氏家廟和內洋吳氏宗祠。

　　關於吳姓的得姓緣由，有一段於史可考的淵源：

　　話說周太王古公亶父生有三子，泰伯、仲雍、季歷，季歷生子姬昌，昌生而有聖瑞，及長，精通易理，能知過去未來（後人稱之「文王卦」）。泰伯深知有朝一日昌必有天下，又察知太王欲傳位於季歷以便將來能傳位給昌，然而自己身爲長子，未免使父王爲難，乃乘太王病時，偕弟仲雍託辭赴衡山採藥，遂遠居荊蠻而不歸，並自號泃吳。太王死後，如願傳位給季歷，再傳位昌，也就是稱著史書的周文王，開啟了有周一朝的盛世。周武王即位之後，爲崇德報功，特追封泰伯爲吳國公，後世子孫遂以國爲氏而姓吳。

　　吳姓來金門開基爲時甚早，金門縣志稱，東晉時中原多亂，難民避居浯洲者六姓，而吳姓即爲其一。可見吳姓和陳、蔡、許、王等姓一樣，都是開浯大姓。金門吳姓可分爲四系，分別是安岐吳、內洋吳、料羅吳、烈嶼吳。根據「金門縣志」上的記載，安岐吳是在明朝萬曆年間，吳成基自泉州府晉江下吳梁仔橋，移

吳氏家廟正門一景。

廟宇牆角安置「鎮煞角符」，能長保闔族平安。

居而來，支孫再分居小西門一帶。吳成基開浯的時間，大約是四百年前（西元一五七二～一六一九年），但是始建宗祠這件大事，則遲至民國時期才著手興建。我們可由「安岐吳氏家廟重建落成誌」看到它的沿革：

「蓋以水之流長，不得無源；木之長盛，不得無根；人之興旺，不得無祖，是以祖之榮盛，得有所依。舉凡巨族所居之村落，莫不視營建宗祠以祭祀祖先為至榮至孝也。……吾始祖成基公，初履斯土，披荊斬棘，勤奮農牧，奠定基業，子孫繁衍。後世為崇本報功，數典不忘，民國十六年遂創立祠宇於村之下吳，原期蒸嘗百世，俎豆千秋，詎料民國三十八年遭逢世亂，毀於兵變，致先祖靈爽失憑，裔孫寢食難安，言之慨然！茲在鄉宗親、及外鄉、海外宗親有鑑於此，倡起原址重建，七十五年十一月鳩工，翌年六月告竣，於焉壯觀廟宇，堂構鼎新，凡子及孫當有木本水源之思也！」

重建後的安岐吳氏家廟，擇吉於七十七年農曆十一月慶成奠安，其間，有一項很特別的儀式，就是安置「角符」，道士做法後，口中念念有詞，再把鎮煞角符放在祠宇的左前牆角，這是用來鎮煞避邪的，吳氏家廟安置角符迄今，角符始終紋風不動，故能長保合族平安！

吳氏家廟祖龕上有「提督軍門」木匾，廳堂上懸掛一對「吳」字大厝燈，另半邊書寫燈號「延陵」，表示派下吳氏係屬延陵衍派。春秋時的吳國，是仲雍之後所建，都於今江蘇省吳縣，吳國傳至季札時，季札避讓不受，隱居延陵，就是現在江蘇省武進縣，季札之讓風與始祖泰伯之讓德，前後輝映。吳氏族人以「延陵」為郡號者，即系出季札之後；吳氏另有郡號「渤海」者，則是因泅吳地屬渤海郡，係季札兄長派下所繁衍。

我們曾經為讀者們介紹「昭穆」，那是指各姓人士為了明辨支繁葉茂的宗親輩分而設計之詩文。吳姓延陵泉州府晉江縣派下

裔孫，世代字序爲：「詩書祖武，禮樂家聲，洪以我宗，生民自周，記序世家，端爲之首，至德所維，大哉哲人，在地左右。」由於晉江吳派下第十世，即是金門安岐吳第一世，故成基公爲「以」字輩，現在傳至安岐十六世，應是「至」字輩了。

　　金門吳姓人家到内洋開發，是民末清初的事，迄今已有三百五十年的歷史；但内洋之有吳氏宗祠，爲時不過四十多年。據吳姓耆宿告知，這是因爲先祖一心要找好風水、真龍穴的福田吉地不可！好不容易找到内洋祖厝這塊建地，才設法籌錢起造，民國三十二年開工後，又逢戰爭方興未艾，直至三十七年始克落成。孰料不久又有古寧頭、八二三等戰火，廟宇損失不小；宗親們將就用了幾年，終於在六十九年重修，廟貌煥然一新，成爲二進小型祖廟的代表作，也博得了「麻雀宗祠」的雅號！意思是説，祠

飛簷弧角向天際揚起，象徵中國「天人合一」的建築哲學。

這樣細緻精巧的建築藝術：飛簷上的「西施脊」，山牆上的「鵝頭墜」，真是文化瑰寶。

堂雖小，但是堂構和陳設卻樣樣俱全。

內洋吳氏宗祠是屬於小宗祠堂，前後兩進厝頂及東西櫸頭屋脊，都呈燕尾狀，線條柔和自然，接近尾端的地方又加一隻塑龍裝飾，配上了祠宇的彩色磁磚，將整棟建築點綴得意氣飛揚！祠堂內神龕頂橫樑上，書寫了「三讓傳芳」四個字，記述始祖泰伯公的美德；當年他三次讓位給弟弟季歷（文王之父），孔子稱讚他「可謂至德矣」；宋武帝也曾御書「三讓王讚」，因此吳氏一族還有用「讓德」做爲堂號者，台北市北投區的吳氏大宗祠，就是稱做讓德堂。

內洋宗祠裡，吳氏宗親供奉的是開滬一世祖四郎公之神位。

內洋吳氏宗祠，是金門吳姓宗親奉祀開涪始祖四郎公的祖祠。

造形特殊的子午窗，在門牆上的幾何線條中，更顯出色。

花瓶狀的窗花，借物寓意，祈求「平安」。

用鰲魚造形做斗拱，咸信能防止祠宇失火。（鰲魚性喜吞火）

延陵世系內洋派下吳氏，自二十三世起算，其昭穆輩行排序詩文如下：

「思維遵守，永克有成，顯允君子，其德志明，天增爾祿，賢才篤聲，保佑命之，奕代公卿。」

以後金門內洋吳家子孫，只要是看到本家的名字，再把這首詩文默讀一翻，就能清楚彼此的輩分，也就知道該如何稱謂了！

金門大地吳，是由內洋分支而來，內洋吳始祖吳四郎，數傳至吳首義，於明初分居大地。吳氏在大地仍尊開基內洋的四郎公為始祖，宗祠主祀歷世神主牌，也是以吳四郎為首。大地吳氏家廟雖然是一座年歲很輕的新建祠堂，但是早年吳家原有一座舊宗祠，就在新祠對面一百多公尺處，筆者到現地勘察，只見雜草長滿了前埕，舊址只賸一片廢墟，然而祖先龕座依然矗立於廢墟中，原來新的祠堂是吳家子孫遷地重建的。

這座遷地重建的祠堂，將古厝原有的石材，能用的全給搬了過來，像是台階矜石、天井地磚、大門門檻，以及門口的乞丐椅（方形石墩），都是早年由漳州、泉州等地浮海而來，年代久遠，身價非凡。至於家廟內所有的木質材料，用的全是新材料，舊的木製品，只剩一張古老的供桌和橫匾，可惜供桌已經遜位，退到文昌帝君神龕前，聊備一格；「輝溢膠庠」匾，顯然是刻意留下來的，猶不免被冷落一旁，看那上款「領命左侍郎提督福建全省學政加十級紀錄十次徐為」，下款落筆「誥封通奉大夫二品銜候選知府吳慶祿立」，可知它確實曾經風光過一陣子。

吳氏入金門，是由內洋分衍大地的，然而冬至統一祭祖時，宗親都要集合大地的宗祠一塊兒祭祖。內洋宗祠則另外選定祭祀日期，他們特別選在祠堂重修奠安紀念日，也就是每年農曆十一月十三日，這和大地家廟冬至祭祖時間相差約半個月；雖是前後相隔時間很近，可是祭祖的禮俗一點也不能馬虎，程序也一本古禮，獻香、獻酒、獻饌、獻花果，以示對祖先德業的追懷景仰；同時透過莊嚴的儀式，以表敬天畏命、祈福求安的心意！

祭禮完畢，循例辦桌會餐，俗稱「吃頭」，與台灣所說的「食祖」形式與用意大同小異，都是在藉以聯絡族誼。我們有時會感慨，許多在國文課本上學不到、或在歷史課本上讀不到的寶貴「人文」精髓，是可以在自己的家裡面，自己的生活周遭，自己的家族典範中學到！祠堂，真是有很大的社教功能啊。

七、李氏祖厝

最近幾年，因爲海峽兩岸三地（包括新加坡）的政治性話題日趨敏感，許多人都喜歡拿各個爭議性的問題大作文章，使得兩岸關係風風雨雨、個中角力更是晦暗不明；不過在這些話題當中，我們偶爾會聽到一則稍微輕鬆有趣的事——有人捉狹打趣的說「爭什麼爭？大陸的領導李鵬姓李，台灣的領導李登輝姓李，新加坡的領導李光耀也姓李，不都是一家人嗎？反正二十一世紀的中國是『李』家的天下嘛！」這自然是一個笑話，不過「李」姓是一個扎扎實實的「大姓」，則是無庸置疑的。

中國的李姓，從唐朝開始就一直是名門著姓，唐朝時不僅皇家、皇族姓李，也有不少人因功被皇帝賜姓而改姓了李，故時有「李唐」之稱。李氏一族在日益滋大後，到了清朝，已經成爲中國五大姓的第二位；如今中國人的姓氏，包括台、澎、金、馬自由地區以及中國大陸，李姓更是稱冠百姓而爲首姓，估計有八千萬人左右，佔中國人總人口數的百分之七點九。而若只論台閩地區，則以陳姓爲最著。

李姓朋友在介紹自己的時候，一定會說「李，木子李」這句話，沒錯，李姓之得姓真和「木子」有關。相傳堯帝時之大理官叫做皋陶，皋陶之子伯益獲賜嬴姓，伯益之後歷虞、夏、商世爲大理，遂以官命族而有「理」姓；不久之後，裔孫理利貞於逃難中因食木子得全性命，從此改姓「木子李」。

金門的李姓，最早也是唐朝中葉隨牧馬監陳淵一起開浯的十二姓之一，經過七、八百年的分支傳衍，如今更是島上大姓巨族，光是李姓宗祠就有十二座之多，其中大部分在金寧鄉北山一帶，也有一些分部在金沙鎮。和大多數的金門建築一樣，民國四十七年八月的砲火，也摧毀了許多祠堂，李姓人家的十二座祠堂中，除一座已經傾圮、一座爲新建之外，其餘全部是四十八年之後重修。在此我們僅以古寧頭附近的李氏宗祠，和官澳李氏家廟做爲代表，來尋訪李家祠堂之美。

目前全世界的中國人以李姓最多，建祠祭祖的情形各地可見。

　　根據北山李家族譜的記載，早在清康熙年間，就有祖廟之設立，算來已經有兩百七十年以上的歷史。現今祠堂內的「重建祖祠記」有這樣的文字：

　　「我古寧李氏始祖應祥公，於明永樂初自福建浦園避難來居本鄉，螽斯衍慶，枝葉繁榮，蔚然成爲巨族。而我長房人丁尤盛，故於清康熙年間卜築宗祠於北山吉地，鍾靈人文益發！民國九年曾一度修葺奠安，並附設小學培育子弟，迨至三十八年毀於戰火，僅存前楹而破陋不堪；詎料四十七年秋，位於南山之始祖廟復遭砲毀，乃權奉列祖神位併此奉祀。惟歲時伏臘，供案陳於庭前，每苦風雨爲患。適逢馬來西亞僑親於五十六年返里，與族人倡議重建，闔族熱烈響應，各地僑親踴躍捐輸及收丁款，越年鳩建落成。規模悉仍舊制，而棟宇輝煌逾昔，美侖美奐，俾熾俾昌，鄉黨之興隆可卜。曾子曰：『慎終追遠，民德歸厚矣』。茲逢慶成盛典，爰記始末……毋忘重建始祖大廟之事焉。」

「廊簷交錯，鉤心鬥角」，說的是中國傳統建築的力與美。

重建後的李氏宗祠，爲二進式閩南建築，前進正面以一人高木柵欄圈圍，昂首仰望，「李氏宗祠」懸匾高掛在廟門上方，門前檻邊豎立一對花崗岩大石鼓，黑底油漆的木門上彩繪了一對門神，替北山李姓人家把守家廟。這一對門神，畫的是唐朝的尉遲恭、秦叔寶；說起「門神」，在中國起源甚早，「淮南子」上有「夏后祀戶，殷人祀門」的說法。到了周朝末年，出現了職業性專爲人把守門戶的兩兄弟，神荼、鬱壘，而且他們兩兄弟喜歡捉拿爲害人們的惡鬼去餵老虎（風俗通上所言），所以秦、漢時期民間十分流行將神荼、鬱壘的畫像貼在門上，當作門神，好保佑合家平安！

　　到了唐朝，又出現了另外一對門神，那就是唐太宗的武將尉遲恭（敬德）和秦叔寶（瓊）。據說唐太宗於天下底定之後，心

北山李氏宗祠一景。

花崗石材質的一對石鼓，具有鎮祠避邪的作用。

秦叔寶、尉遲恭是中國人永遠的門神。

神龕木門、彩繪精緻，是難得的祭器雕作。

卻未定，每天晚上疑神疑鬼的睡不安穩，而且常常做噩夢，夢中有許多鬼怪出現；太宗把這種狀況告訴羣臣，大將秦叔寶乃上奏說：「願同尉遲恭戎裝立門外把守。」太宗准奏，當晚果然平安無事。然而，兩位大將不可能天天夜裡替皇上守門，太宗於是心生一計，命畫工畫上兩人畫像，貼在宮門上，一樣可以避邪驅惡。後人沿襲，他兩人就成了中國人習俗上「永遠的門神」了！

看過了門神，拾級登堂，來到祖先廳，也就是正殿，正中央落地神龕的幾扇木製龕門，刻工及彩繪均極爲精緻，是難得一見的祭器雕作。龕上懸掛長幅彩錦，上面用金絲線加繡「祖德流芳」字樣，這一屏彩錦和雕繪龕門，前後競美，相得益彰！

北山李氏宗祠祖先廳內還有別的看頭，左右橫樑高掛桶型厝燈四盞，上書「李」字和燈號「忠諫流芳」，這是指李府君選公的功名。祖龕正中央懸著「明經發祥」匾，同樣是爲開基始祖應祥公的六世祖君選公而立。此外，「進士」、「亞魁」、「海邦著績」、「忠諫名臣」、「御試三冠」等匾，更是李氏一門先祖文章華國，或彪炳勳勞之映照，使祠宇生輝不少！

其中，「海邦著績」匾，是清兩廣總督阮元題贈給李光顯的。據李家族老敍述，光顯是農家子弟，小的時候常挑穀糧到金門鎮右營游擊署前販賣，（該地即今金城西門警察局附近，俗稱右府口），因被營中軍士窺見孔武有力，得以投效軍旅，累功至浙江提督，兼定海總兵，後來再升爲廣東水師提督。在他任內，海寇匿迹，貿易暢通，商旅德之，典範可風。李光顯的故宅位於古寧頭，現在還存有三進式古厝一棟，金門當地人都以「提督衙」稱之。不過光顯公之神位倒是奉祀在李氏宗祠裡。說到這裡，還有一個題外話，金門民間流傳，李光顯和姨表弟邱良功二人，都是在小徑許氏舅家誕生，後來兩位甥侄輩都做到顯貴，舅家反而家道中落。流言所及，至今金門人仍然忌諱嫁出去的女兒在娘家分娩，就是耽心家族靈氣給奪了去。

「明經發祥」匾，是爲開基祖六世祖君選公設立的。

官澳李氏家廟外貌妝點精美。

北山古寧頭李姓人氏，一世至三十五世早已排定了昭穆輩序，「應以仕，德存洪甫，陽有尚奇，永隆馨懿，滋森炎增錫，沃根煥培欽，澤梁炳基鈺，治棟炤坦鍠。」這個輩序和福建同安浦園老家的輩序是完全相同的。

現今金門李姓，共有四系：銀浦李、三山李、李厝李和後浦李，北山古寧頭李屬銀浦李，官澳李家則屬三山李。「三山」的由來，是因為這一派李家在元末明初來浯之後，裔孫先後遷居金門山西、山前和山後等地繁衍之故；落籍官澳的三山李家，世居祖業五、六百年之久，卻始終沒有自己的祖祠，直到二十幾年前，才在族長耆老大力鼓吹推動之下，創建家廟一座，彌補了多年的遺憾！

官澳李氏家廟在金門各祠堂中，算是晚近新構，原應廟貌輝煌，孰料近幾年突有大量白蟻蛀蝕其間，棟樑楹柱等太半遭到破壞，真不知道是如今起厝的師傅技藝不如當年？還是偷工減料？望之不勝晞噓！希望李家子弟趕快挽瀾救傾，拿出對策。雖說官澳李氏家廟內部危機重重，但它的外貌仍然是一片繁榮景象，妝點得精美細緻，像是門神彩繪、子午窗的木刻、檐橡的弔筒，以及檐下的石獅，無不是精雕細琢的藝術結晶！祖龕上的山櫛藻梲和斗拱，亦是精工佳作。祖先廳正中央一塊「功垂海嶠」巨匾，是清封懷遠將軍李遂園所立，金碧輝煌！

古寧頭北山或南山等地的李氏宗祠，選在每年的二月十五日和冬至舉行祭祖儀式；官澳李氏家廟則是每年冬至舉行一次祭祖。屆時派下各房裔孫各個扶老攜幼，趕回祖廟，把中庭擠得水洩不通，祭禮由族長司祭，各柱房長老陪祭，全體李氏裔孫與祭，典禮在莊嚴肅穆中進行，沒有人會在儀式中造次離席，大家有的只是滿心虔敬，和無限的追思！

八、黃氏祖厝

　　金門的一些地名取得很有意思，易懂易記，又便於區別，「水頭」就是一個例子。水頭，顧名思義就是指靠近水域的地方，「頭」字放在詞尾，表示方位詞，如前頭、後頭；也有以前、後爲方位命地名的情形，像水頭之外，又另有前水頭、後水頭，以資區別。水頭這個地名由來久遠，前水頭又稱金水，後水頭又稱汶水，大約都和金門同時得名。

　　前水頭和後水頭，都住了不少黃姓人家，這是因爲黃姓初至金門時，即在這兩處聚族成社的緣故。前水頭黃，地方上一稱金水黃，後水頭黃一稱汶水黃，都是金門黃氏大族。到金門觀光旅遊過的朋友，大概會去水頭參觀一個叫做「酉園」的黃家古宅，規制宏偉，古色古香，被內政部評定爲國家三級古蹟；由此，我們可以體會到「黃」姓在水頭地方的重要地位。筆者幾年前到金門做田野調查時，金水村前水頭的住戶約一百三十五戶，其中黃姓就佔七十六戶，而當地其餘十五姓人家，合計也不過五十九戶而已！若再以全金門地區而言，黃姓更是名門大族，光是祠堂就有十三座之多，前水頭一處就有三座，另金沙鎮後水頭也有好幾座。

　　黃姓爲金門地方的五大姓之一，最早於唐德宗時隨陳淵來浯開基的十二姓中，黃姓就佔有一席之地，說來也有一千年以上的歷史了。據考黃氏始祖起於黃帝之孫顓頊高陽氏，其曾孫陸終之後，有南陸公兄弟三人，南陸爲次子，食邑於黃，後因地而賜姓。現在的黃姓人家，多半以南陸爲一世大世祖，七十三世黃歇公，戰國時期被楚國封爲春申君，其後子孫遷徙至湖北江夏一帶（黃姓以江夏爲郡望，此其始也）。宋朝時傳至一百十八世黃峭公，官至平章閣大學士兼刑部尚書，娶了三個太太，各生七個兒子，得孫八十三人，因恐子孫分散四方，特別做了一首八句詩做訓詞，好使兒孫將來便於彼此相認，而不致於數典忘祖。詩云：

前水頭黃氏家廟歷經五次重修，始有今日之規模。

　　駿馬登程往異方，任從勝地立綱常；
　　自居外境如吾境，爾在他鄉即故鄉。
　　朝夕莫忘親命語，晨昏常荐祖前香；
　　願言蒼天垂休慶，三七兒郎總熾昌。

　　如今台閩地方的黃姓人家，不管是祠堂或家廟，翻開他們的族譜，一定會看到這一首詩文，雖然經過了七、八百年的流傳，各地所見詩句多多少少有些出入，但均無損於原詩意義。當年黃峭公曾經囑咐裔孫，若遇能念以上詩文者，表示即是黃家派下子孫，應立刻請其升堂入座，不可怠慢！因此，這首八句詩又稱做黃氏認祖詩，或黃氏會親詩。

　　金門前水頭黃家系出福建同安黃綸派下，距今已有六百八十個年頭。而位於前水頭三十號的黃氏家廟，始建年代究為何時？

這座神轎，相傳是守恭公出巡時之鑾駕。

厝燈上，常以一姓為標示，取「燈」與「丁」諧音，而求人丁興旺。

家廟初建之規模如何等等，均因明萬曆年間所修之家譜遭蝕而不可考，不過從明末族人黃祐生遺誌上，倒可尋出蛛絲馬迹，原來這座家廟約在明洪武末年（西元一三九〇年～一三九八年）間建成。此後，家廟共歷五次重修，清乾隆八年（西元一七四二年）有「重建祖祠記略」可佐証，這塊碑文勒石現存於家廟東廂房後方；乾隆四十一年重修有「繼建祖祠記」為憑証；同治九年重修時，有增建護龍之紀錄存世；清光緒十三年、民國六十八年的另兩次重修，也都紀錄翔實，一一可考。

經過五次翻修重建，前水頭黃氏家廟自是命矣更新，壯麗輝煌。黃氏家廟是一座二落大厝，厝右加蓋櫸頭，使得廟宇覆壓益顯寬闊；家廟大門兩旁子午窗的窗花，木刻細緻精美，著色鮮麗繽紛，是同型式窗花中的佳作。正廳神案上，供奉著黃守恭之神像，赤面朱袍，威武凜然！門廳內側放置一頂小型神轎，相傳是

守恭公出巡之鑾駕，其他姓氏宗祠鮮有這樣的配置。廳上高懸一盞厝燈，上有朱字「黃」及「賜進士」；另有柑燈一盞，寫的則是「紫雲」和「黃」字，「紫雲」是黃姓人家的堂號，拿堂號做厝燈的情形，各姓祠堂所見多有。除此之外，廳堂上還有「光前裕後」、「榮祿大夫」、「明威將軍」、「春秋饗尚」四方匾額，說的盡是祖上的輝煌軼事。

至於黃守恭是什麼人？為什麼被黃家子孫當做「神」一樣的供奉呢？而黃姓人家為甚麼以「紫雲」做堂號呢？這得從黃姓開閩始祖說起。東漢末年天下紛亂，有黃道隆者辭官自河南光州固始遷居福建，定居泉州，他的二兒子守恭，於唐垂拱二年（西元六八六年）某夜夢到僧人要將黃家宅第化為寺廟，推辭說：如果桑樹開了白蓮花，就把宅第捐出做寺廟。守恭心想，桑樹怎可能開出白蓮花呢？誰知幾天之後，桑樹盡開白蓮花，守恭公於是依約將宅第捐出。更令人稱奇的是，當起造大殿時，屋頂上呈現出一片紫雲瑞氣，人稱紫雲蓋頂。這棟天象兆吉的殿宇，就是現今泉州名剎開元寺，而守恭的子子孫孫遂以「紫雲衍派」為識，同時以紫雲做為堂號。黃守恭生四子，名經、紀、綱、綸，分居南安、惠安、安溪、同安，因為居地都有一個「安」字，所以號稱「四安公」，子孫繁衍台閩各地，均以「四安派下」自稱。所以說，守恭公在裔孫們的心中，不但是共同的祖先，他的言行軼事，也早已被神化了！

除了前水頭之外，金門後浦頭黃，也是當地大姓。後浦頭黃和前水頭黃一樣，都是四安派下同安黃綸公之後，於明永樂年間傳衍金門，落戶後浦頭，成為當地黃姓之始。如今在後浦頭四十一號，有一座專屬後浦黃的大宗家廟，歷史悠久，氣宇軒昂，可以和前水頭黃氏家廟相映爭輝！

後浦頭黃氏家廟，創建於清康熙己丑年（西元一七〇九年），至今重修了五次。這座家廟亦為二進式祖厝，建築規制同於一般

黃家爲崇本追遠
，敦親睦族，於
是家廟興起。

黃氏家廟，有虎穴之風，爲防猛虎侵入，故在祠前設一高牆以爲屏障。

渦輪，有生生不息之意，石鼓上的輪紋黑亮油潤，可見年代之久遠。

，可是厝前大埕上，樹立了一面屏牆，叫做「紫雲屏」，則屬十分少見。紫雲屏是以土石堆砌，高約一人，據黃家耆老的說法，家廟建地自古以來即有「虎穴」之稱，爲防止猛虎跳牆，所以在家廟門前方丈之外，樹立高大的屏障，目的是希望黃家子弟不要造次翻牆，意味不要太過調皮搗蛋。類似這樣的「屏」，和金門舊式民宅門前的「照牆」，外型雖大同小異，但用意不盡相同。照牆常設置於面對正沖馬路或溝渠的宅門前，用來阻擋凶煞之侵犯，是逢凶化吉的壓勝物；前者取義於風水，後者取義於避邪，不論如何，宅第主人修建這類屏牆，都有爲家族祈求好運道，爲兒孫祈求好福報的良苦用心！

後浦頭黃氏家廟，正廳左右門葉各撰「祖德」、「宗功」字樣；門檻兩側豎立一對石鼓，立面呈螺紋狀，象徵子孫生生不息，石刻表面已現油黑，年代之久遠可見一斑。建築前後以迴廊銜接，後進祖先廳堂上，懸有大小數匾，如「理學正宗」、「孝弟明倫」、「光前裕後」、「司馬」、「文魁」等，都是上了年歲的骨董了。

黃氏家廟因爲附會了生龍活虎之傳說，是有名的好風水；地理配上風水，成爲此一祠宇門聯楹句的主要話題，摘錄數則一塊欣賞：

大門聯──門對仙人長臥地；堂排飛鳳永朝天。
左側門聯──宗支秀氣家廟發；五虎爲屏地靈鍾。
壁聯一──門前太武呈瑞氣、家聲遠；
　　　　　背後金龜發千祥、世澤長。

另外的聯句，則多半以「紫雲」和「黃姓認祖詩」爲主題來發揮：

後浦頭黃氏家廟選在正月初十和冬至舉行祭祖。

楹聯一──紫雲蓋頂神潛化；桑樹生蓮吉兆呈。
楹聯二──旦夕莫忘親命語；晨昏當荐祖前香。

　　後浦頭黃家宗親現仍居金門的，約有一百二十多戶，每年正月初十和冬至，是宗親祭祖的大日子，是時黃家裔孫各房分柱代

家廟門聯，點出黃氏的郡望「江夏」
和堂號「紫雲」。

表，齊聚家廟，仿周禮以三獻九叩首儀式祭祖。這時，大家背頌
「認祖詩」、「會親詩」，口中念念有詞，心中難免想起黃峭公
過人的智慧，和高深的遠見，靠著這首詩文，黃家子孫無不更加
親愛，更加團結了！

九、薛、董、辛氏祖厝

金門係彈丸之地，受地理環境限制，天然資源並不豐富，不過由於它正處在中國文化傳衍到台灣的過渡地位，人文產物卻十分可觀。到此地做一番文化巡禮，猶如進入歷史博物館，從唐、宋至民國，舉凡先賢教化的遺緒，和歷史文物的遺蹟，只要留心觀察，幾乎是俯拾可得。就拿各姓氏宗祠來說，金門一地就有一百六十二座之多，堪稱全中國祠堂分佈密度最高的地方！不僅如此，一些比較特別的、在別處從來沒有見過的姓氏祠堂，在金門都可以見到，像是薛、董、陽、顏、辛等姓氏，多代之前，就都在金門設置了自己一姓的宗祠。而這些宗祠裡的古蹟寶物也不少，如旗座、匾額、勒石、石凳等，都有相當的年歲，俱為地方民眾的重要文化資產！

　　薛姓、董姓、和辛姓人家在金門均建有祠堂，而且全部都在

薛氏家廟寬闊的前埕上，豎立一對旗竿座，祖先當年風光彷彿再現。

金城鎮。

　　薛氏姓源，出自任姓。根據「姓纂」上的記載，黃帝共生二十五子，之一爲任姓，裔孫奚仲居於薛（在今山東滕縣東南），周朝末年，亡於楚國，子孫於是以居地「薛」爲氏而姓了薛。至於薛姓來金門開基，金門珠山「薛姓族譜舊序」上有這樣的記載：

　　「我薛姓，河南昆公之裔也；傳至令之公，移居閩之福安。唐神龍元年（西元七〇五年）舉進士，閩人以詩賦登第自令之公始。……至裔孫沙公，爲龍溪尉，居銀邑（同安）嘉禾（廈門），人稱所居嶺爲薛嶺。元至正五年（西元一三四五年）我始祖貞固公始由薛嶺避難來浯，……後移居珠山之浯、龜山之東，大地滄滄，巨石巖巖，樹木暢茂，蔚乎深秀，爰是而族焉。」薛氏在金門珠山繁衍成族之後，還向台灣、澎湖等地分衍，如今雲林四湖

即使不是大姓巨族，不論遷徙何處，建祠祭祖的心情是一致的。

、虎尾、嘉義和彰化、澎湖等地的薛姓，都是由金門傳來。

金門珠山薛氏家廟，創建於清乾隆三十三年（西元一七六八年），是開浯始祖薛貞固派下仁、義、禮、智、信五房裔孫的總祠。民國五十一年一度重修堂構，大肆改造修飾，始具今日之廟貌。祠堂四周林木蒼翠，與祠堂之古意盎然，相映成趣，斐然可觀。

薛氏家廟前埕依舊完整，它的左前方豎立了一對古老的石製旗竿座，旁邊另埋設固定的石凳三張，用石几兩張隔開，這些陳設，無論是石材或雕工，均屬難得一見的精品，顯然是官宦遺物，彌足珍貴！家廟大門旁還有一對石鼓，鼓面呈渦狀刻紋，由於「鼓」有振聾啟聵的作用，置於家廟前，可以發揮趨吉避凶的效果，所以許多家廟門前都有這項陳設。家廟後進的廳堂內，有幾方頗有年歲的匾額「總戎」、「開閩進士」、「理學大臣」、「御殿總提督」、「文魁」、「貢元」等，無非都在標榜先世之彪炳勳業和鼎盛功名，同時也在垂範子孫，深望兒孫心生景仰，而繼志承烈，步武前賢。

到金門觀光旅遊，「古崗湖」是必遊之地，古崗湖旁有個古崗社，村中有一座董氏家廟，一為名勝，一為古蹟，二者相得益彰，在地方上共享盛名。

董姓在中國並不是大姓人家，但考其出處，仍頗有來頭。根據「名賢氏族言行類稿」上稱，黃帝之後己姓國，裔孫有名董父者，實甚好龍，每到一處，龍多歸之，董父奉侍帝舜，舜特賜姓豢龍氏，曰董姓。這種用名字之中的某一個字做為姓氏的「以字為氏」，亦為我國各種得姓來源之一。而「豢龍」自然成為董姓後裔最津津樂道的先祖軼事，當然要用「豢龍」做堂號了！

根據「金門董氏族引」的說法：「吾古崗董氏系出開閩始祖思安公……吾開基澔興（後稱許坑）始祖，諱善應，字楊崑公，在晉江沙堤時以牧羊起家，父端亮公因牧羊搆大禍，遂避難浯洲

董氏家廟與緊鄰的洋樓式建築，形成有趣的對照。

，並相戒子孫勿令再牧羊，改以漁耕，詩書傳家。」由此可知，金門董氏始祖是董楊崑公；金門董家還有另一支派，是由董颺先所傳，董颺先的姪女酉姑，是延平郡王鄭成功夫人，颺先隨鄭氏軍隊來浯洲隱居，派下也有許多裔孫長住古崗。

說起董颺先，現今在古崗仍留有不少與他有關的古蹟。董颺先是明崇禎年間進士，因不願仕清而退隱，到金門之後，魯王贈匾曰「風高五柳」。古崗湖畔的名勝「漂布石」，上面刻著「董子直釣」四個大字，就是在追念颺先公不仕異主的高風亮節！湖的西岸有獅山，南岸即颺先公歸真處，墓柱和石壁上，詩賦甚多，石壁間並遺留董氏所寫「闢沌」草書，蒼勁拔曠，算是彌足珍貴的墨寶。

我們再回過頭來看董楊崑這一派。楊崑公初到金門，娶妻生六子，號六房，子孫瓜瓞綿延，為使族人有聚，祖先有祭，於是建宗祠，以為春秋祭享。推算董楊崑到金門開基約在明朝初年，

董姓在古崗是第一大姓，均派出玉笋。

建宗祠則大約是在明洪武年間。這座歷史久遠的祠堂自然經歷過多次重修，才能屹立迄今，最近一次的重修是在民國五十七年，我們由家廟中不少器物上書有「民庚戌年重修」字樣，可以證明之。

　　古崗董氏家廟，是一座單進式建築，這種規制乃祠堂中最簡單者；與左鄰之南洋式新洋房，恰成突兀之對比。進出家廟只開正面大門，品字形門楣上刻有「董氏家廟」，門上對聯橫批是「玉笋衍派」，說的是早年董家在晉江沙堤建祠堂，結果祠堂天井中長出石笋的故事；董家堂號「豢龍」，廳堂上有三方大型匾額，記錄董氏先賢的功名，分別是「進士」、「武魁」、「亞魁」；祖龕上方由下而上另有四組橫額，依序是「報本追遠」、「垂裕後昆」、「風高五柳」、「諸罍穿廱」；龕前橫樑下懸掛大小厝燈各一對，標明燈號「銀青柱國」和「董」字，這些陳設，將董家祖上的榮光，妝點得光鮮亮麗。

　　再說辛氏家廟。辛這個姓本就不多見，台灣本島的辛姓朋友

辛氏家廟，全國各地罕見。

屈指可數，但是金門地方姓辛的朋友，可就稱得上是大戶人家了。辛氏姓源，出自姒姓；說到姒姓，還得回顧一段先秦史：大禹之子，姓姒名啟，在禹之後被百姓推崇爲帝，建立了夏朝，人稱夏啟。啟又封支子於莘，莘與辛音近，後來演變爲辛，其後裔遂以邑名爲姓。莘邑，舊地屬山東省，是中國辛氏最早的發源地。

辛氏一族，得姓山東，望出隴西；而他們入閩之年代卻無法詳考，只知其世爲漳浦望族。「宋朝末年，有辛胡者避亂逃浯，定居金門城之西門外」，咸信這是辛氏入浯之開基祖；另據「辛家族簿」之載，辛胡公生五子，於清康熙年間（西元一七○六年），擇居於金門城之西門，至今西門外之居民，幾乎全部都是辛姓人家。而辛氏家廟則始建於清同治年間，距今約有一百三十年的歷史，不過家廟在幾經翻修之後，風格一新，古風已然不見。

辛氏家廟爲單進式建築，神龕前除了供奉開基祖外，還奉了一尊黑面神像，叫做辛府天君，辛氏族人說他是一位出名的孝子

山牆上「鵝頭墜」飾，可以
表徵屋主地位，讀書人飾以
書卷、商人飾以銅錢，也有
人家用花草人物表富貴吉祥。

玻璃彩飾，亮麗瓷磚，
頗有金門地方特色。

，一日，母親生病，要吃雷蛋才能痊癒，雷公為其孝行所感動，以轟然巨雷治好了辛母，不過卻將他的臉部震黑，所以至今辛府天君一直以黑臉出現。

辛氏家廟品字型門樓上端，有典雅秀麗的燕尾，正廳屋脊兩側亦有高聳峭立的燕尾，這表示開基祖辛胡公辛仲甫，曾經做過太子太傅，又特授靖南大將軍，文事武藝雙全，位極尊榮，才配有這樣的宅厝或祠廟。正廳側面山牆分為三段修飾：上段主要以鵝頭綴做妝飾，藍底粉彩，色澤瑰麗，圖案精緻，成為家廟引人注目的焦點。中段油漆黑牆，主要功能在防溼防雨；下段為花崗石砌牆，象徵磐基永固，凡此種種，都可以看出辛氏人家建廟的用心！

辛氏家廟祖龕上有一塊長方形的匾額，上面的四個字非常奇特，似字又似畫符，經辛氏族長指認，始知正確讀音為「貽厥孫謀」，意思是說傳於後世，前人要多替子孫著想。

金門有一句俗諺：「過年不回家無某，清明不回家無墓，冬至不回家無祖」，這話說得挺重，其實誰無親人？誰無祖先呢？不過對大多數青壯都漸漸遠離家園，到外地打拚的金門人來說，這句俗諺，當可代表老一輩金門人的心聲！相信，對薛姓、董姓、辛姓的子孫們而言，每年的冬至是最重要的日子，大家一定會排除萬難，再怎麼樣也要回到老家祠堂，和長輩一起祭祖，向祖上先人獻上無限的追思！

十、林氏祖厝

　　有時候想到「禮失求諸野」這句話，心中真有無限的感慨！來到金門各個鄉鎮做「祠堂巡禮」，發現無論是多麼偏遠的小村落、人煙多麼稀少的小田庄，儘管在那兒看不到現代化的建築，聽不到繁囂喧鬧的市集聲，可是卻總會找到幾座宗祠！這些祠堂並不是甚麼荒廢的斷垣殘壁，而是管理良好、維護完善、整日香煙繚繞的家廟。看到這個景象，對先賢所云「禮失求諸野」這句話的心情，就更能體會！就拿小金門來說吧，這個蕞爾小島上，就有十七座各姓氏宗祠，其中林姓一姓就有六座，這除了說明林姓稱旺於小金門之外，他們對先人的崇敬、對古禮之實踐的精神，尤其令人欽佩！

　　小金門是我們的俗稱，在行政上來看，它是金門縣烈嶼鄉。相傳小金門原本和金門本島是相連在一起的，宋朝末年帝昺航海至此，遭元兵追擊，正千鈞一髮之際，忽然山崩地裂，分爲兩島，宋帝始告平安脫險，這就是「烈嶼」得名（裂嶼）之由來，當然這個說法係穿鑿附會之詞，我們姑妄聽之，不必當真。不過明朝盧若騰的「留庵集」中，曾用「笠嶼」稱之，想必是嶼礁形狀酷似斗笠之故。小金門的六座林姓宗祠，有大宗的，也有小宗的，其中以林湖村東林的林氏大宗家廟，和西宅西路林氏大宗家廟，最具代表性。

　　林氏姓源，出自子姓。根據「路史」記載，殷商末代皇帝紂王，其叔父比干，因忠諫紂王不聽，被紂王殺害。比干之子堅避難長林之山，遂姓林氏；一說林堅生於長林，位於淇河之西，後代林氏才以「西河」爲郡號。閩南地方林姓人家最喜歡提到的先人，是隋朝時的林披，林披生子九人，個個都在朝爲官，世稱「莆田九牧」。其後子孫繁衍，晉安林氏幾乎全爲其後；閩南地方和台灣、金門民間所信仰天上聖母「媽祖」，就是九牧林中排行第六林蘊的六世孫女林默娘。而「九牧傳芳」、「媽祖娘娘」這些軼事，自然成爲台閩地方林姓裔孫津津樂道的祖上榮光。

安岐林氏家廟門廳妝點得十分講究。

祈求吉慶的脊飾，是金門
祖厝建築特色。

金門烈嶼之林氏，分為下林林、上林林、西宅林和東林林等四系。東林林這一系，始祖林中茂，於元朝末年從福建泉州遷居到小金門，久而久之，成為當地大族，也把東林一帶造就成小金門的商業活動中心。在生活富足、子孫有成之後，東林林姓人家咸認是祖上庇佑，為使尊前祭祖有所，俾使家聲不墜，興建宗祠之念油然而生。

東林林氏家廟，始建於明嘉靖年間，至今幾經重修，最近一次是在民國六十八年，七十五年奠安。這是一座二進式合院祖厝，格局雖然小巧，可是內部陳設一應俱全，前後廳、左右櫸頭、前埕與中庭等等，樣樣齊備。前進門廳上，榜書「忠孝堂」三個大字和「林氏家廟」橫幅，明白昭示林家堂號；林家以「忠孝」做堂號也有史可考，宋仁宗時，御史林悅呈閱族譜，仁宗皇帝感念其一門忠孝，特御書「忠孝」二字於譜首，族人遂以這分榮耀做為堂號。林氏家廟堂構主要建材為花崗石，外牆下半堵均用之砌成，上半部則用彩色磁磚浮貼成飾，光亮照人，美不勝收！正廳屋脊上之泥塑，以及山牆頂端鵝頭墜飾，立體突出，五彩豔麗，十分引人入勝！

金門盛產花崗石，許多宗祠等傳統建築莫不就地取材；東林林氏家廟祖先廳的台基石，中間一塊長六公尺，兩端石塊各長兩公尺，均為巨大花崗石條切琢而成，而且都是兩百年前舊物，這幾方厚重石基，象徵林氏家道永固，所以被族親視為吉祥寶物。

過了東林，來到西宅，這裡也是小金門林姓重要的聚落，西宅林氏家廟年歲較輕，它是在民國六十八年，由西宅西路暨旅居汶萊林氏宗人，合出汶幣二十八萬餘元，相當於新台幣二十五萬元，並且捐出一塊土地的情況之下，集腋成裘而建成。金門大嶝島上有「島孤人不孤」的勒石，用在西宅林氏子孫為建家廟，有錢出錢，有力出力，有地出地的情形上，更是「島雖孤，志不孤，人不孤」，家廟終於在民國七十三年慶成奠安！

西宅林氏家廟係閩南二進式建築，前後進之間加蓋東西櫸頭，構成典型的四合院，中庭天井搭設棚架，覆上密網，以防雀鳥飛入築巢；這種景觀在台閩各地祠堂司空見慣，雖不搭調，倒也別樹一格。整體看來，西宅林氏家廟結構相當講究，外觀也十分優美，不論是外在的屋脊、門面、山牆、窗花，還是內在的縱架、橫樑、簷廊、捲棚，都稱得上是當地近期新建宗祠的代表作。

　　新廟新氣象，西宅林氏家廟的匾額，也全都是亮麗耀眼，署名者有林洋港、林金生等當代林氏名人，和別處祠堂的古匾大異其趣。不過世事多變化，宦海多浮沈，所謂「當代名人」際遇各有不同，這些懸匾光澤未退，署名的人，卻已今非昔比，不可同日而語了！

　　除了小金門之外，金門本島上的林家，亦為著姓大族，尤其

小金門東林林氏家廟，氣勢挺拔。

山牆上的裝飾，通常以交
趾陶塑、泥塑，或黏貼玻
璃為材料，形成繽紛豔麗
的圖案。

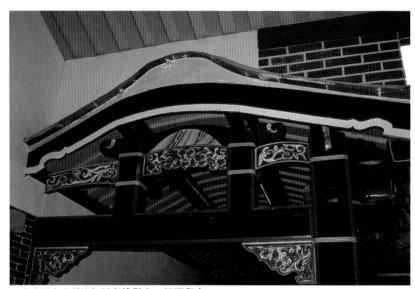

家廟中所有木質均加以彩繪髹金，絕不留白。

小金門西宅林氏家廟，背負龍蟠山，是建祠的好風水，可世代屏障祠宇。

是安岐一帶。安岐林，開基祖是由林九牧派下傳芳而來，安岐林家之有宗祠，在「安美林氏家廟重建誌」上，有明白的記載：

「……吾林氏派下自十六世懷仁公播遷安岐以來，定居立業，經擇族地於清代末葉興建家廟，尊懷仁公爲開基祖，變荒漠而成族里，沐仁政而敦親鄉，祖德綿遠。民國三十八年古寧頭戰役，祖廟被毀，子孫避戰亂各奔異鄉。吾族裔有懷於此，籌募重建，於七十六年落成，七十七年奠安慶成，集福門庭，光祖耀宗，春秋虔祀，感孝思而記盛。」

對於大多數的金門祠堂來說，上面這翻際遇，幾乎可說是共同的經驗，古寧頭、八二三兩次戰火的蹂躪，摧毀了許許多多的老建築；然而，家可以重建，家廟又何嘗不能在瓦礫中重新矗立起來呢？中國人幾千年來的風木孝思，是如何也摧毀不了的。

安岐林氏家廟，創建於清光緒年間，但因爲重修落成不久，新屋新姿，美奐有餘，卻少了幾許古風。家廟並無大戶院落模樣，但樸拙生動的石雕結構，祈求吉慶的簷頂裝置，在在見得其設計之精采絕倫，而山牆鵝頭的上下墜飾彩繪，以及子午窗花的造型，尤能表現出建築師傅手藝之高超。

林氏家廟祖龕正中央上方立匾「鄉賢」，左側有「探花宰相」懸匾，說的是探花宰相林釬的故事；林釬是安岐林家裔孫，出生之後不久，遭逢金門饑荒，釬母帶著兒子改嫁到福建龍溪林家，後來林釬得到功名，他的祖母輾轉從金門到龍溪來尋找孫兒，因而發生泉（浯洲古屬同安）漳（龍溪古屬漳洲）兩府爭奪林釬探花的趣事；事後林釬以「採瓜揪籐」之喻，言明當歸籍龍溪，不過安岐林家還是替這位探花宰相立神主牌，據說現仍保存在其後裔林成族家中。而這塊匾額，係明萬曆年間，林釬試中探花、官至東閣大學士時所立，彌足珍貴。祖龕右側，掛的是「翰林學政」匾，也是林氏一族代出賢能、位至尊榮的表徵，爲明武宗正德進士受大理評事林希元所立，說起來又是一件珍貴的骨董了。

前面曾經提到，金門四面環海，雀鳥特多，爲防小鳥飛入家廟築巢或「方便」，許多祠堂的中庭都會架設天棚；不過安岐林氏家廟卻從不安裝這種天羅地網，反而讓鳥兒在廊椽間穿梭飛舞，只見樑上燕語呢喃，卻從不曾在「鄉賢」匾上隨便「放肆」，或許鳥兒也知道這塊匾額是明朝皇帝聖旨賜頒的吧！

金門一向文風鼎盛，過去許多家廟都還兼做學堂或地方村塾，負起教化學子，作育英才的責任，所以祠堂中常會供奉文昌帝君，以祈求兒孫知書識禮。林氏家廟左右廂房就有這樣的奉祀，左供文昌帝君神像，右奉福德正神神像，禮數十分周到！即令民國以來，新制小學成立之初，仍然借用原來的祠堂做校舍，一直

祖厝正廳的神龕，是奉祀祖先神位之處，也是一族精神之所繫。

林姓望出西河，厝燈和古匾是祠堂重要的文物。

到三十八年以後，這種情形才有所改變。

　　林姓在台閩一帶是大姓，在大小金門更是稱著一方；經過世代更替、子孫繁衍，林家後人如今雖然分散台、澎、南洋等地，可是儘管山高路遠，每年冬至祭祖的時候，大夥兒仍然排除萬難，奔回老家，向祖先致敬。當族人登上祖先廳，感受先人立業成家開景運的艱辛，再看到族親父慈子孝、祥和安樂的氣氛，踏實安重之感，不禁油然而生！

國家圖書館出版品預行編目資料

金門祖厝之旅 / 陸炳文著. -- 第一版. -- 臺北
縣永和市：稻田，民85
　面；　公分 , --(金門學叢刊；KM008)
ISBN 957-9503-54-0(平裝)

1.房屋 - 建築 - 福建省金門縣　2. 福建省
金門縣 - 描述與遊記

　928.231　　　　　　　　　　　85012281

《金門學》叢刊　KM008

金門祖厝之旅

著　　　者：陸炳文

攝　　　影：傑出公關顧問媒體製作中心

總 策 畫：陳水在（金門縣長）

總 校 訂：龔鵬程（佛光大學校長）

總 編 輯：楊樹清（金門報導社社長）

主　　編：楊再平（金門觀光協會總幹事）

發 行 人：孫鈴珠

出　　版：稻田出版有限公司

登 記 證：局版台業字第 5339 號

地　　址：台北縣永和市永安街 4 巷 8 號一 F

電　　話：（ 02 ）9262805

傳　　真：（ 02 ）9249942

郵　　撥：1635922－2 稻田出版有限公司

法 律 顧 問：蕭雄淋律師

分 色 製 版：長城製版印刷有限公司

地　　址：台北縣新店市寶橋路 235 巷 6 弄 6 號 7 樓

印　　刷：鴻展彩色印刷股份有限公司

地　　址：台北縣新店市中正路四維巷 2 弄 3 號

出 版 日 期：1996 年（民國 85 年）12 月　第一版第一刷

定　　價：230 元